Diogenes Taschenbuch 22813

Joachim Ringelnatz

Die wilde Miß vom Ohio

und andere ungewöhnliche Geschichten

Mit Zeichnungen von ihm selbst

Herausgegeben und mit einem Nachwort von Helga Bemmann

Diogenes

Die Originalausgabe erschien 1977
unter demselben Titel im
Karl H. Henssel Verlag, Berlin
Die hier abgedruckten Märchen, Skizzen
und Erzählungen wurden nach den Erstausgaben
vollständig und unverändert übernommen;
die Zahl in Klammern bezeichnet
das Jahr des Erstdruckes
Die Rechtschreibung des Autors wurde auch bei ›Verstößen‹
gegen den Duden beibehalten. Korrigiert wurden nur
Druckfehler und offensichtliche Irrtümer
Die Herausgeberin dankt Fritz Schirmer, Halle,
und Prof. Dr. Walter Pape, Hürth-Hermühlheim,
für freundliche Unterstützung sowie der
Staatsbibliothek Berlin
und Christel Lehmann, Berlin,
für Reproduktionen

Veröffentlicht als Diogenes Taschenbuch, 1995

www.diogenes.ch
20/04/52/4
ISBN 3 257 22813 9

Inhalt

Die Walfische und die Fremde

Bereits eine Stunde später bildete sich ein Komitee. Man wollte den Schiffbrüchigen das Mitgefühl der Stadt übermitteln, sie als Fremdlinge gastlich bewirten beziehungsweise unterhalten und von der offiziellen Sympathie für Deutschland überzeugen. Man wollte auch bei dieser für den kommenden Sonntag gedachten Veranstaltung ihnen ordentlich imponieren.

Großzügig vorausgesetzt, daß sie sich bis dahin erholt haben, ferner auch nicht an den Folgen gestorben sein würden, sollte sich das Programm etwa so entwickeln:

Warme Begrüßung am Genesungslager. (Schon schloß sich ein Senator nach dem andern zum Auswendiglernen ein.) – Rundfahrt durch Stadt und Museehenswürdigkeiten. (Lastautos stellte in hochherziger Weise die bedeutendste Speditionsfirma.) – Flüchtige nähere Besichtigungen. (Die städtische Bibliothek sicherte freien Eintritt, das Museum für internationale Laryngoskopie Stundung der Garderobegebühren zu.) – Der berühmte, aus gerösteten Bananenschalen hergestellte Wolkenkratzer sollte von oben bis unten mit deutschen Briefmarken beklebt werden. (Gestiftet von einem ungenannt bleiben wollenden, sechsfachen Multimillionär, der sie von Bittgesuchen abgesammelt hatte.) – Trauliches Beisammensein mit Kaffeekredenz und Kuchenbergen im Klubhaus der inneren Mission für Kammerjagdsport. – Wohltätigkeitskonzert. – Tanz der tausend vornehmsten Babys. – Dann vielleicht Feuerwerk im Germanischen Ratskeller, Böllerläuten, Glockenschüsse oder so. Die Entscheidung über den weiteren Verlauf balancierte vorläufig noch auf einem Gewoge von Portwein und Beleidigungen.

Die Frau von dem Verwalter von der Schlauchhalle von der Hafenstation von der Feuerwehr lernte lügen. Während ihr Mann seit Stunden von Lokal zu Lokal eilte, um den wachthabenden Arzt zu suchen, erfuhr sie, daß ihr Geld und ihr Ansehen wuchsen, je mehr sie den neugierig Zuströmenden vorlog. Sie kam sich, nicht zu Unrecht, vor, als habe sie selber Schiffbruch gelitten. Anfangs wußte sie nur wenig. Man hatte die sieben besinnungslosen Riesen in die Schlauchhalle getragen. Man hatte ihnen die nassen Matrosenkleider ausgezogen und dafür erst mal saubere Feuerwehruniformen angezogen. Dann hatte man sie in Wolldecken gehüllt und auf die elastischen Schläuche gebettet. Nun mußten sie vor allen Dingen einmal schlafen, schlafen und nochmals schlafen. Keinesfalls durfte man sie stören. »Nein, auch nicht einmal sehen!« – »Nein, danke, auch nicht für Trinkgeld.«

Ergreifende Stunden verrannen. »Sagte ich's nicht?« Der wachthabende Arzt wurde gefunden. Er sagte gleich: »Vor allen Dingen: Ruhe, Ruhe und nochmals Ruhe!« Dennoch setzte er sich sofort mit den Kollegen vom Krankenhaus in Verbindung, die im Nu ungeteilter Meinung waren. In der Hauptsache galt es, die Geretteten zunächst einmal stundenlang unbehelligt zu lassen.

Diese gründlich ausgeübte Passivität fand leider eine

jähe Unterbrechung durch Feueralarm. Im Schuppen einer Spritfabrik hatte Stroh Stroh entzündet. Die Deutschen schliefen auf den Spritzenschläuchen. Es überstürzten sich viele Ansichten und Telephongespräche, verpaßten sich oder hoben sich auf. Indessen hatte einer der beiden Uhrzeiger noch keine Rundwanderung vollenden können, als ein Chefarzt, mehrere Unterärzte, viele Seitenärzte und zahllose medizinische Handwerker sich in Rangordnung, lautlos, auf Strümpfen der Tür der Schlauchhalle der Hafenstation der Feuerwehr näherten. Leise wurde die Klinke herabgedrückt, laut quietschten die Angeln. Und die Versammlung sah auf den Schläuchen sieben sauber zusammengefaltete Wolldecken. Und das Fenster stand offen.

Etwa zwei Seemeilen südlich vom Bananenkratzer und zirka ebensoviel Knoten westlich vom Klubhaus der inneren Mission für Kammerjagdsport schlängelt sich zwischen freundlich bunten Delikateßgeschäften und lustig belebten Wirtshäusern ein anspruchsloser Weg in weitem Bogen um die städtische Bibliothek herum. Kurz vorm Germanischen Ratskeller schwenkten die sieben Deutschen nach links ab. Das Geld in ihren nassen Taschen hing wohlverschlossen im Trockenschrank der Hafenstation der Feuerwehr. Die Feuerwehrknöpfe mußten schlecht vergoldet sein; niemand wollte sie als Zahlungsmittel anerkennen. Aber es war schon erfreulich, mal wieder an Land zu sein, ohne arbeiten zu müssen, frei herumzubummeln und sich in der Fremde heimisch zu fühlen. Hier fiel ein deutsches Firmenschild auf. Dort war ein Feuer ausgebrochen; und weil dort leere Hektoliterfässer herumstanden, schöpften die Deutschen damit Wasser aus einem Kanal und löschten das Feuer. Und dann kam plötzlich ein hochanständiger, feiner Herr auf sie zu, wahrscheinlich der Fabrikdirektor, ein echter, eleganter Gentleman, und schenkte ihnen ein volles Hektoliterfaß. Und weil keiner von ihnen »danke« gesagt oder irgendwas gesagt hatte, genierten sie sich und zogen sich mit dem Faß in einen dunklen Hofwinkel zurück. Bald setzten sie ihren Spaziergang fort.

Nicht etwa, daß sie stumpf und blind dahingeschossen wären. Nein, sie gingen einmal auf die andere Seite der Straße, um irgendworüber zu lachen, und dann waren sie wieder auf der einen Seite, um das Elterngrab zu pfeifen. Bis sie auf einmal hart hinfielen. Weil sie einer vornehmen, jungen Dame ausweichen wollten, die mit zierlichen Schritten um die Ecke bog. »Wir tun Ihnen nichts. Wir sind Seeleute.« Ein zartes Stimmchen antwortete auf italienisch. Das kleine, blonde Persönchen verstand zwar nicht die deutsche Sprache, aber sie hatte sich verirrt. Und sie hätte so viel Vertrauen zu Seeleuten, und ihr Mütterchen vermißte sie gewiß schon und ob sie sie nicht bis an ihr Häuschen begleiten wollten, sie fürchte sich sehr, überfallen zu werden, weil sie sehr viel Geld und Schmuck bei sich trüge und sie sei aus adliger Geburt, aber man sollte sie einfach mit ihrem Vornamen Darlingchen anreden, zumal sie Landsleute wären. Und sie trügen gewiß nicht so viel Schmuck bei sich, und sie würde schon dafür sorgen, daß sie daheim ein Schlückchen Wein zur Stärkung bekämen; aber viel Geld hätten Seeleute auch immer bei sich –

Die Matrosen nickten zu allem ja und waren total begeistert verdattert. Sechs von den sieben blickten immer verlegen weg, weil die so reden konnte, aber alles hatte

Hand und Fuß, und weil das kurze Samtkleidchen so tief ausgeschnitten war. Der siebente beguckte sich immer derweilen heimlich aus dem Hintergrunde das fremde Mädchen ganz lange. Abwechselnd war jeder mal der hintere.

Langsam mußten sie einen Fuß vor den andern setzen, damit die lila Beinchen mit den trippelnden Goldkäferchenschuhchen nicht außer Atem kämen. Sprach sämtliche Sprachen; alle Länder hatte sie bereist. Sie kannte sogar die Burgstraße in Leipzig und den Gänsemarkt in Hamburg.

Das Häuschen hatte rotseidene Gardinchen. An dem großartigen schmiedeeisernen Treppengeländer hingen Girlanden. Oben waren alle Möbelchen aus Lack. Und neben dem schönen Ofen mit den vergoldeten Kacheln saß das Mütterchen, die war nicht so schön wie Darlingchen (eigentlich sah sie wie eine dicke Sau aus), aber sie machte allen Ulk mit, rauchte Pfeifchen, und Darlingchen nannte ihr Mütterchen nur auf französisch »Madamchen«. In der Ecke hockte ein Negerchen, das Zither spielte. Aber draußen schlich ein häßlicher – ein häßliches Halunkchen herum; Darlingchen rief ihm »Hälterchen« zu, da verschwand es. Und Darlingchen war wie ein ausgelassenes Kind. Sie neckte die Seebären, weil sie gar nicht wie richtige Deutsche tränken. Und trank ihnen selbst ein Literchen Rum vor. Sie konnte blitzschnell eine Reihe Knöpfchen aufknöpfen. Tausend urkomische Einfälle hatte sie. Auch ein Kunststück mit einem deutschen Tausendmarkschein fiel ihr ein. Aber da erinnerten sich die Matrosen an ihre nassen Kleider bei der Feuerwehr und sangen auf einmal die Lorelei.

Doch mit dem Negerchen und dem Hälterchen stimmte was nicht. Die tuschelten an der Tür so hinterlistig, so als ob sie gegen Darlingchen was im Schilde führten. Deshalb erhoben sich die Deutschen ein wenig, und indem hatten sie den Ofen und das Treppengeländer in der Hand.

Weil sie morgens völlig nackt auf dem Bürgersteig erwachten, blickten sie sehr erstaunt nach dem Häuschen auf. Aus dem Fensterchen rief ihnen Madamchen Schimpfwörtchen zu, und neben ihr stand Darlingchen und warf Ofenkachelchen, Glassplitter und Treppengeländerchen herab. Daraus schlossen sie, daß das Häuschen ein öffentliches Häuschen wäre, und machten sich beschämt auf, um ihre nassen Hosen von der Feuerwehr zurückzuerbitten.

Sie tanzten in hastigen Wendungen umeinander vorwärts, um durch Schnelligkeit der Bewegung ihre Blößen zu verdecken. Trotzdem wurden sie unverhofft verhaftet. Drei Wochen durch schliefen sie sich willig im Gefängnis aus. Danach trug man sie in schwere Ketten gefesselt in den Gerichtssaal und lehnte sie dort gegen die Wand, unter deren Fenstern die freie, ewige See brandet. Bei dem Nacktsein auf der Straße hatten sich die Seeleute etwas verkühlt. Deshalb niesten sie, als das Urteil verkündet wurde. Da zerplatzten ihre Ketten wie Zigarettenbanderolen, und die Wand stürzte ein.

Als sich die ungeheure Staubwolke langsam auf alle Bilderrahmen der Stadt gesetzt hatte, sah man fern draußen im wogenden Ozean sieben Walfische unter ruhigen, weit ausholenden Flossenschlägen entschwinden.

Vom Tabarz

Auf der Wiese zu Jekaterinburg geboren und wißbegierig war die kleine Fliege, aber unverschämt. Es war unvermeidlich wie ungewollt, daß sie durch ihre Neugierde mancherlei lernte. Damit prahlte sie dann, überhob sich ihren Gleichaltrigen und war undankbar gegen abgegraste Lehrer. So besuchte sie oft ihre gebrechliche Großmutter, um sich alte Fliegensagen erzählen zu lassen: Von der Schlange Leim, die sich aus Kronleuchtern herunterläßt und Zucker ausschwitzt, um ihre Opfer anzulocken. Oder vom Ungeheuer Klatsche, das auf Menschen wohnt. Und mehr. Aber waren derartige Erzählungen zu Ende, dann warf die schnöde Fliege die Eier durcheinander, die Großmutter während des Sprechens gelegt hatte, und flog nach solchem oder ähnlichem Unfug ohne Abschied davon, um den Freunden und Bekannten Selbsterlebtes betreffs der Schlange Leim vorzulügen.

Die Mitfliegen staunten über Wuppys Kühnheit. Wuppy setzte sich in ihrer Gegenwart auf die Schiene, als das D-Zug heranbrauste, und schwur hoch und teuer, sie würde nicht weichen, sondern das D-Zug anhalten. Die Lokomotive tutete.

»Es hat Angst! Es schreit!« triumphierte Wuppy. Der Zug bremste, hielt. »Na, seht ihr's?« Viele Menschen entströmten dem Zuge.

»Es gebiert lebendige Junge«, erklärte Wuppy wichtig

und flog neugierig hin, um die Neugeborenen zu berüsseln.

Geriet in den Leib des D-Zuges und nahm dort auf einem Wurstbrot Platz, das auf dem Schoße eines D-Zug-Embryos balancierte.

Die transsibirische Eisenbahn fuhr weiter; über Tscheljabinsk und Irkutsk. Neben dem Wurstbrot lag eine verkorkte, mit Kaffee gefüllte Flasche. An einem rindenartigen Teil derselben klebten zwei süße Tropfen; aber die Fliege wurde gestört durch trampelnde Finger des Kornhändlers Pagel. Der versuchte, ohne Pfropfenzieher zu öffnen. Weil das mißlang, stieß er den Korken mittels eines Bleistiftes hinein, danach tat er einen Schluck. Die Fliege war, als sie die Rinde mit den süßen Tropfen entschwinden sah, sofort hinterdrein geschossen. Plötzlich ward sie von einem Strudel gepackt, verlor die Besinnung, und als sie wieder zu sich kam, schwamm sie. Wie damals im Tümpel hinter der Dotterblume. Sie wußte instinktiv und durch Großmutter etwas von der Gefahr des Ertrinkens. War daher überglücklich, ein Rindenland zu erblicken, erreichte, bestieg es und stürzte sich auf zwei süße Tropfen. Dabei beschäftigten sich ihre Hinterbeine mit Abtrocknen.

Herr Pagel hatte die Flasche mit Papier zugestopft und ins Gepäcknetz gelegt, nun las er, dann streckte er sich zum Schlafen.

Nach fünf Reisetagen stieg in Strjetensk ein kleines Kosakenmädchen ins Coupé. Der Kornhändler wollte ein Gespräch anknüpfen, aber sechs Tage später, in Chabarowsk, stieg das Mädchen schon wieder aus.

Fürchterliches hatte die Fliege in diesen Fliegenjahren erlebt: Erdbeben, Springtiden, Seestürme und gräßliche Wasserhosen. Wuppy machte eine naturwissenschaftliche Beobachtung: Nach jeder Wasserhose war das gelbe Tümpel um sie herum seichter.

Schon längst und wiederholt hatte die entsetzte Fliege versucht, das Rindeneiland zu verlassen. Sie hatte sich dabei sogar vorgenommen, ein neues, bescheideneres Leben anzufangen. Aber überall, in gewissen, unterschiedlichen Distanzen, fand sie eine gefrorene Luftschicht, die sich zwar durchsehen, aber nicht durchfliegen ließ. Wuppy vermeinte anfangs, sich verirrt zu haben, doch stellte sie fest, daß ihre Umgebung dieselbe war und blieb.

Fünfzehn Werst vor Wladiwostok hielt der Zug auf offener Strecke infolge Achsenbruches. Der Kornhändler öffnete das Fenster, um nach der Ursache zu fragen. Dann öffnete er die Flasche, um zu trinken; mußte aber vorm Trinken erst niesen. An diesem Fliegentage fand Wuppy, der Luftströmung folgend, einen Ausweg und war auf einmal auf einer Wiese, auf ihrer Wiese. Der Gefahr entronnen, blähte sie sich sofort übermütig auf.

Sonderbar: die Blumen hatten sich verändert. Wie lange mochte es wohl – – Es schien doch, als – – . Wuppy kam aufs philosophische Nachdenken. »Ja!« – »Aha!« – »Seltsam!« – »Aber selbstverständlich!« Aber wie lange mochte es nur her sein? Wuppy suchte vergeblich nach ihren Gespielen. Endlich entdeckte sie den alten Brummer vom Kaninchenaas. Tobbold, oder wie er hieß, ein unwissender Proletarier. Aber aus Neugierde sprach Wuppy ihn an: »Na, Vater Tobbold, was machen denn die alten Knochen?«

Der alte Brummer glotzte, ohne zu antworten. Offenbar war er vertrottelt, denn auch sein Äußeres war verzerrt. Als aber Wuppy nun auf andere Fliegen stieß, die alle keine Antwort gaben und alle auch äußerlich entstellt waren, fragte sie sich: Sollte eine ganze Generation Fliegheit vertrotteln können? Dann reflektierte sie weiter: Ich, Wuppy, habe das Problem aufgerollt, ob eine ganze Generation Fliegheit vertrotteln kann. Da meine Mitfliegen diesem Gedankengang ersichtlich nicht zu folgen vermögen, muß ich doch ein – ich darf aus genialer Demut nicht aussprechen, was – sein.

Der große Wahn verstärkt die positiven Fähigkeiten. Wuppy erblickte auf 20 Meter Entfernung eine ihr von Jugend und Großmuttern her bekannte Gefahr: das Laubfrosch. Wuppy begnügte sich nicht damit, ihr Leben in Sicherheit zu bringen, sondern stellte eine Intelligenzprobe an, indem sie in Überlaubfroschhupfhöhe kreiste und durch provozierendes Lachen das Frosch reizte. Es quakte wütend, schließlich kleinlaut. Wuppy wurde in diesem superioren Moment mordsmäßig durch eine Schwalbe erschreckt, die in Rüsselbreite an ihr vorbeisauste. Wuppy flüchtete. Die Schwalbe folgte. Wuppy setzte sich auf einen Ast. Die Schwalbe auch. Wuppys Herz klopfte zum Zerspringen. »Ich fresse Sie nicht«, sagte die Schwalbe beruhigend, »ich bin schon satt.«

Die Schwalbe suchte Unterhaltung. »Ich bin noch gar nicht lange aus Afrika zurück. Auf dem Meere – – wissen Sie, was ein Meer ist?«

Wuppy schüttelte furchtsam den Kopf.

»Sie brauchen keine Angst zu haben«, versicherte die rührende Schwalbe, »vielleicht interessiert es Sie, von meinen Reiseerlebnissen zu hören.«

»Wenn Sie mir Ihr Ehrenwort geben, daß Sie mich nicht fressen«, sagte Wuppy heiser vor Aufregung.

Die Schwalbe gab's.

»Ich weiß sehr wohl, was ein Meer ist«, hub Wuppy dreist an, »und habe überhaupt in meinem tausendjährigen Leben mancherlei – «

»Tausendjährig?« fragte die Schwalbe.

»Ja, tausendjährig. Ich habe hier noch erlebt, daß die Luft stellenweise gefror; ich weiß nicht, ob Ihnen der Begriff Eiszeit geläufig ist.«

Die Schwalbe zog ein sehr einfältiges Gesicht. Wuppy

wippte und fuhr dann, mehr wie zu sich selber, aber immerhin sehr laut und deutlich fort: »Damals vor dem Seesturm, als ich das D-Zug zum Stehen brachte.«

»Bitte, erzählen Sie!« bat die Schwalbe.

»Nein, ich spreche nicht gern davon. Außerdem nehmen mich zur Zeit ernste philosophische Probleme so in Anspruch – – Sicherlich ist Ihnen doch wohl bekannt, wer ich bin –?«

»Nein«, sagte die Schwalbe.

»Nein? Ach wie drollig!« Wuppy lächelte gezwungen. »Aber schon recht. Reden Sie ganz wie mit Ihresgleichen. Sie wollten Erlebtes berichten. Es ist mir durchaus nicht uninteressant, so was in der primitiven Vorstellungsweise, in der naiven Sprache des Volkes zu vernehmen.«

»Ich wage es nicht«, sagte die Schwalbe.

»Papperlapapp! Schießen Sie mal los mit Ihrem Schwalbenlatein.«

Die Schwalbe begann eine lange Geschichte anspruchslos vorzutragen. Wuppy hatte drei Beine über drei andere geschlagen und sich ein wenig abgedreht, als hörte sie nur mit einem Ohr zu. Sie hörte aber überhaupt nicht zu, sondern erwog heimlich Fluchtpläne. Plötzlich brach die Schwalbe ihre Erzählung ab.

»Nun? Was weiter?« fragte Wuppy.

»Mich hungert«, sagte die Schwalbe verlegen und wurde rot. Im selben Moment schwirrte Wuppy, was sie schwirren konnte, in die Tiefe hinab, um sich ins Gras zu retten. Dort wurde sie vom Laubfrosch verschluckt. Die rote Schwalbe aber flog verärgert nach Afrika zurück, wo sie mit ihrer Farbe viele Büffel wild machte. –

Der aus Canada stammende Naturforscher, der den Laubfrosch zersägte, fand die Fliege und sagte: »Ei, ei!«

Er sagte es natürlich auf englisch. »Egg, egg!« Wuppy legte zufällig in diesem Augenblicke ihr erstes Ei. Sie war längst in dem Alter. Diese vermeintliche Reaktion ließ den Naturforscher selig erschauern. Die Entdeckung war gemacht, der theoretische Beweis einmal praktisch belegt. Es gab eine tierische Vernunft im menschlichen Sinne. Es gab eine Verständigungsmöglichkeit zwischen Insekt und Professor. In der Stärke und Sicherheit dieser Überzeugung gelangen dem Forscher weitere Fortschritte. Es bedurfte nur eines Rohres mit feinsten Membranen. Das hatte Professor Nipp aus Canada schon mitgebracht.

Die Fliegensprache zerfällt erstens in einen pantomimischen Teil. »Guten Morgen« heißt zum Beispiel auf fliegisch nicht »Good morning«. Rechtes Mittelbein dreißig Grad nach oben gekrümmt, bedeutet: »Wie spät ist es?« Mit unermüdlichem Fleiß lernte Professor Nipp Fliegisch. Der phonetische Teil dieser Sprache kennt keine Maskulina.

Nipp schloß einen Vertrag mit der Fliege. Sie verpflichtete sich, den Professor auf einer sechsmonatigen Vortragsreise durch Canada zu begleiten und während der Vorführungen durch promptes Antworten und folgsames Reagieren die demonstrative Beweisführung des Professors zu unterstützen. Dieser verpflichtete sich dagegen, ihr während der Reise angemessene Nahrung und Unterkunft zu bieten, und garantierte dafür, daß das Auftreten der Fliege im streng wissenschaftlichen Rahmen bliebe und keiner merkantilen Ausbeutung ausgesetzt sei. Wuppy un-

terzeichnete den Gegenkontrakt fliegisch mit mehreren plastischen Pünktchen.

Professor Nipp kabelte nach Canada, bestellte Säle, Reklame und Impresario. Er kaufte ein schönes Fliegenspind, setzte Harzer Käse, Erdbeeren und Pferdedung hinein und bat Wuppy, näher zu treten. Dann schiffte er sich und sie ein.

Es war eine herrliche Überfahrt. Die frohe, durch eine gewisse wissenschaftliche Weihe gehobene Stimmung des Professors machte ihn aufmerksam und gütig gegen alles und jedermann. Er kletterte mittags ins Matrosenlogis hinunter, spendierte Kognak und unterhielt sich mit den Seeleuten. Es waren merkwürdige Kerle, etwas einseitig, aber durchaus gar nicht dumm, sondern sogar nachdenklich und amüsant. Wie sie bei großer Weltkenntnis oft noch am seltsamsten Aberglauben festhielten, wobei ihre schnurrige Phantasie die wunderlichsten Wege ging.

Der Leichtmatrose Fritzsche erzählte von dem unmenschlichen Riesen Tabarz, den er schon mehrmals auf See angetroffen hätte. Professor Nipp lächelte, aber auch die eigenen Kameraden nahmen Fritzschen nicht ernst, weil er aus Friedrichroda stammte. Der Leichtmatrose stieg beleidigt an Deck. Nach einer halben Stunde rief er dringlich von oben herab: »Herr Professor! Herr Professor!«

»Was gibt's?«

»Er ist da!«

»Wer ist da?«

»Der Riese. Wollen Sie ihn sehen?«

»Ei, ei«, sagte der Naturforscher und kletterte an Deck. Die andern folgten. Die See lag glatt. Nirgends im Rund war Land oder ein Schiff zu erblicken. Kein Wölkchen zeigte sich am blauen Himmel. Die Matrosen lachten.

»Na, wo steckt denn Ihr Herr Tabarz?« fragte Nipp freundlich eingestellt.

»Dort!« Fritzsche zeigte überall hin.

»Wo?«

»Sehen Sie den blauen Himmel?« fragte Fritzsche.

»Freilich, aber – «

»Nun, der ganze blaue Himmel ist ein Stück mittelste Füllung von einem Knopf an der Hose von dem Riesen Tabarz.«

Der Professor wurde in diesem Augenblick vom Steward abgerufen.

In Nipps Kabine war eingebrochen worden. Fritzsche hatte, ohne böse Absicht, nur aus Neugierde, das Fliegenspind entdeckt. Und weil er den Käse und die Erdbeeren darin für die Hauptsache und die Fliege und den Pferdedung für die Nebensache ansah, so hatte er die Hauptsache aufgefressen und das Nebensächliche zerquetscht.

Der arme Pilmartine

Schon seit Wochen hatten Plakate verkündet, der Franzose Pilmartine würde einen neuen Fallschirm vorführen. Auf der Siebenhenkerwiese war ein 30 Meter hoher Holzturm erbaut. Und an dem Sonntag strömten die geputzten Einwohner der kleinen Stadt hinaus.

Es ging vergnüglich, festlich und spannend zu, wie bei jeder ähnlichen Veranstaltung, und als Monsieur Pilmartine in einem Automobil auf der Wiese eintraf, wurde er mit Händeklatschen empfangen. Es folgte eine Ansprache, Musik. Dann sah man den Franzosen unten am Treppenansatz des Turmes verschwinden und bald darauf oben auf der Plattform des Turmes erscheinen, wo er einen ungeheuren Schirm aufspannte.

Totenstille trat ein. Nur der infame Lümmel, der Fidje Pappendeik, der Lehrling vom Bürstenhändler Hohmann, benahm sich auf dem Stehplatz lausejungenmäßig, indem er unentwegt laut grölte: »Abfahrt! Auf Wiedersehen! Adieu!«

Das weite Publikum zischte: »Pst!« Man rief empört: »Maul halten!« und schließlich: »Raus mit dem Flegel!« Aber Fidje Pappendeik überschrie alle: »Laßt mich doch, ich fahre jetzt nach dem Monde!« Damit sprang er über die Barriere, lief in die abgesperrte innere Wiese, wo außer einem Arzt, einem Schutzmann, einem Fahrrad, einer Bahre und zwei Sanitätern sich nichts und niemand befand. Fidje Pappendeik aber sprang mit behender Schnelligkeit auf das Fahrrad, fuhr ein Stück über die holperige Wiese hin, und auf einmal – – ehe jemand daran dachte, den Störenfried – – auf einmal – ohne daß irgend jemand bemerkte – – niemand ahnte oder war darauf gefaßt – – kurz, auf einmal hob sich das Fahrrad, und Fidje Pappendeik fuhr auf einem ganz gewöhnlichen Fahrrad, nicht anders, als wie jeder Radfahrer fährt, fuhr aber durch die Luft, auf, über Luft, fuhr schräg aufwärts in die Wolken.

Kurzes Fluchen. Dann tausendfältiges »Ah!« – »Bravo!« Begeistertes Schreien.

Dieses Phänomen war unbeschreiblich aufregend, packend, verblüffend. Hinterher behaupteten alle Teilnehmer, es hätte eine Stunde gedauert. Und vollzog sich so schnell! Denn Fidje Pappendeik mochte noch keine hundert Meter zurückgelegt haben, unten schoß man Gratulationen ihm nach – als er ein schnelleres Tempo anschlug und bald danach zwischen zwei Lämmerwölkchen verschwand.

Flüche und Verwünschungen wurden laut. Dem Arzt war sein Fahrrad, Herrn Hohmann sein Lehrling, den alten Pappendeiks ihr Einziger und einem Zuckerbäcker sein Hauptschuldner entschwunden. Kein Mensch hatte mehr an Pilmartine gedacht. Darüber gebärdete sich der Franzose so wütend, daß er ausrutschend ohne Fallschirm vom Turme fiel; und weil auch sein Genickbruch vom Publikum über dem höheren Ereignis unbeachtet blieb, pumpten sich nun auch der Impresario und das pekuniär und ideell beteiligte Festkomitee mit Zorn auf. Half aber nix.

Die Stadt, die Provinz, die Hauptstadt, die Sportwelt, die Wissenschaft beschäftigten sich mehr und mehr und nach zwei Jahren weniger und weniger mit dem Wunder Fidje Pappendeiks Himmelfahrt. Kam auch nichts heraus. Denn einwandfrei ward nachgewiesen: daß der Sanitätsrat nicht mit im Spiel gewesen war, daß sein Fahrrad ein durchaus normales war und von Pappendeik gestohlen wurde und daß Pappendeik selber einen in jeder Beziehung ordinären Menschen und Lehrling darstellte.

Da Vater Pappendeik das Fahrrad und den Zuckerbäkker sowie einige Beschwichtigungen bezahlte, so blieb nichts übrig als eine sich mehr und mehr entstellende Erinnerung an eine Massenvision und an jemanden, der wirklich weg war.

Drei Jahre waren nach dem Vorfall vergangen, als der Bürstenhändler Hohmann eines Nachts durch Straßenlärm und Glassplitter geweckt wurde. Draußen stand fidel Fidje Pappendeik mit dem Fahrrad.

Lediglich aus Neugierde nahm Herr Hohmann den alten Lehrling wieder auf und war alle Welt zu diesem freundlich. Aber weder dem Bürstenhändler noch irgend jemand anderem, nicht einmal seinen Eltern erzählte Fidje auch nur das Geringste von dem, was er erlebt hatte oder wo er gewesen wäre oder wie er so habe fliegen können. Es kamen Petitionen, Reporter, Professoren, jedoch wenn nicht schon der eifersüchtige Hohmann diese endlosen Wißbegierigen aus dem Hause warf, so erstickte sein Lehrling jedes Interview im Keime, indem er sich plötzlich blödsinnig stellte und stumm Grimassen schnitt oder alle

Fragen konstant mit Kopfschütteln beantwortete oder auch gar zu aufdringliche Beharrlichkeit durch noch aufdringlicheres unanständiges Benehmen in die Flucht jagte. Fidje Pappendeik war der verhaßteste Mensch.

Aber obwohl jeder Bürger gelegentlich jedem Bürger einmal versichert hatte, wie er für seine Person es nicht für der Rede wert hielte, sich mit einem unreifen Bengel und einer Jahrmarktsgaukelei noch länger zu befassen, so kochte und gärte doch überall eine alles Dagewesene übertreffende Neugierde. Das Gemüt einer ganzen Stadt blieb in qualvoller Unordnung. Längst war das Fahrrad verrostet, das man so oft photographiert hatte, ohne daß irgend etwas Auffälliges daran zu entdecken war. Zahllose Bücher waren ohne Resultat geschrieben worden. Und Fidje Pappendeik lebte harmlos vergnügt, durchschnittsmäßig dahin; ohne etwas zu verraten und ohne davon Notiz zu nehmen, daß ein bohrendes Fragezeichen von ihm ausgehend durch die Welt wucherte, welches an Bedeutung beispielsweise das Shakespeare-Bacon-Geheimnis übertraf. Hohmann kündigte seinem Lehrling.

Alle Mitbürger ignorierten den grünen Jungen. Nur der Kommerzienrat Dr. Ernst Levin bewies den Mut zu einer Sympathiebezeugung für Fidje, indem er ihm ein stattliches Vermögen schenkte; starb allerdings gleich darauf an einer Darmfistel.

Fidje Pappendeik war reich geworden, lebte indessen nicht viel anders als bisher, harmlos, vergnügt, durchschnittsmäßig, ohne zu verraten und ohne Kenntnis zu nehmen. Alles bahnte Versöhnung mit ihm an und haßte ihn insgeheim noch grimmiger.

Weil eine ganze Stadt zu ersticken drohte, war es ein Verdienst des Staatsanwaltes Kirschrot, daß er einen Plan ersann zur sicheren und würdevollen Lüftung des Mysteriums.

Kirschrot bestach drei Gasarbeiter mit Enzianschnaps. Die drei Gasarbeiter erhoben Anklage gegen Fidje Pappendeik und beschuldigten ihn:

1. die Tochter des einen Gasarbeiters entführt und verführt zu haben,

2. im Ausland Spionage getrieben zu haben,

3. als fanatischer Anhänger einer kirchlichen Sekte zwei Waisenkinder totgetreten und beraubt zu haben.

Dies alles verübt während der drei Jahre nach seinem Start von der Siebenhenkerwiese.

Dieser hochsensationelle sexual-politische Ritualdoppelraubmord-Prozeß mußte unter freiem Himmel verhandelt werden. Die gesamte Einwohnerschaft, das rostige Fahrrad und die Siebenhenkerwiese waren zugegen. Die Verhandlung gestaltete sich nach der üblichen Einleitung etwa folgendermaßen:

STAATSANWALT Wo fuhren Sie zunächst hin?

ANGEKLAGTER In die Luft.

STAATSANWALT Hatten Sie ein bestimmtes Ziel und welches?

ANGEKLAGTER Ja, den Mond.

STAATSANWALT Erreichten Sie ihn?

ANGEKLAGTER Nein, ich verirrte mich und geriet auf den Fixstern Glyzerin.

Bewegung im Publikum.

STAATSANWALT Was taten Sie dort? Wie ging es zu? Wie

lange blieben –? Erzählen Sie der Wahrheit gemäß und recht ausführlich. *Atemlose Stille.*

ANGEKLAGTER Auf Glyzerin geht es genauso zu wie bei uns, bloß daß die Menschen dort nur von Leberwurst leben. *Heiterkeit.*

STAATSANWALT Und was taten Sie dort?

ANGEKLAGTER Ich aß sechs Monate lang Leberwurst.

Dann bekam ich den Durchfall, übergab mich und radelte davon. *Lärm, Pfui-Rufe.*

STAATSANWALT Ich verbitte mir jegliche Kundgebung seitens der Zuhörerschaft, sonst sehe ich mich genötigt, den Ausschluß der Öffentlichkeit zu be- – *Atemlose Stille.*

STAATSANWALT Angeklagter, berichten Sie weiter, genau und ausführlich. Wo fuhren Sie hin? Was trafen Sie wie? Wodurch?

ANGEKLAGTER Ich geriet auf den Planeten Klopsia. Dort gibt es nur anständige Leute.

STAATSANWALT Weiter! Weiter! Wieso? Was heißt das? Erzählen Sie doch! Welcher Gestalt taten Sie –?

ANGEKLAGTER Ich legte mich in ein Kohlrabibeet, schlief zwei Jahre lang und radelte dann weiter.

STAATSANWALT Häm – Sonderbar. – In der Tat. Aber die Methode ist uns nicht mehr neu. Wir kommen schon dahinter. Sprechen Sie weiter, Angeklagter. Wo? Nach welcher –?

ANGEKLAGTER Ich landete auf dem Seitenmonde Exlibris.

STAATSANWALT Exlibris?? *Unruhe.*

ANGEKLAGTER Ja, Exlibris. Dort ging es fürchterlich zu. *Hört! Hört!*

STAATSANWALT Fürchterlich? – Ruhe auf der Galerie! – Wollte sagen unter freiem Himmel. – Wieso fürchterlich?

ANGEKLAGTER Ja. Ich kam todmüde an, entkleidete mich, ohne recht zu wissen wie, stopfte meine Kleider in den Schrank, kroch ins Bett und schlief gleich ein. Bis das Entsetzliche geschah. *Alle Zuhörer stehen unwillkürlich auf.*

STAATSANWALT Welches Entsetzliche? Stocken Sie doch nicht fortwährend.

ANGEKLAGTER Ich erwachte plötzlich. Die Lampe brannte. Da sah ich aus dem Türspalt des Kleiderschrankes einen nackten Arm herausragen, der mir meine zerknüllte Hose reichte, und eine hohle Stimme sagte: »Liederjahn!« Ich sträubte mein Haar, kroch unters Bettdeck. Und als ich wieder erwachte, hatte ich ein halbes Jahr verschlafen.

Da radelte ich zur Erde zurück.

Minutenlanger Lärm, dann Stille.

STAATSANWALT Angeklagter, Sie haben bisher dreist gelogen.

ANGEKLAGTER Ja.

STAATSANWALT Wir wissen Mittel und Wege, Sie zahm zu machen. Aber erklären Sie uns jetzt zunächst einmal, wie Sie es fertigbringen, sich mit einem Fahrrad in die Luft zu erheben.

ANGEKLAGTER Das kann ich nicht. Ich setze mich einfach drauf und fliege los.

STAATSANWALT Quatsch! Ich setze mich auch einfach drauf und fliege nicht los. Also!?

DER ANGEKLAGTE *schweigt.*

STAATSANWALT Können Sie uns den Vorgang vielleicht praktisch vorführen?

ANGEKLAGTER Ja. *Es wird ihm das rostige Fahrrad gebracht. Angeklagter vormachend* Ich ergreife die Lenkstange erst mit der linken, dann mit der rechten Hand.

Dann setze ich den linken Fuß auf das linke Pedal. Dann hole ich ganz, ganz tief Atem. *Allgemeines tiefes Atemholen.*

STAATSANWALT Das ist recht, so erzählen Sie vernünftig. Fahren Sie fort!

ANGEKLAGTER Dann fahre ich fort. *Er schwingt sich auf den Sattel und tritt an. Fährt ein Stück über den Rasen, hebt sich dann in die Luft und bewegt sich erst langsam, auf einmal sehr schnell gen Himmel.*

Und kam nie zurück.

Die Ode an Elisa

»Herein!«

Ein elegant gekleideter Herr mit schwarzem Haar, Spitzbart und Monokel trat ein.

»Verzeihung – ich war schon gestern hier, ohne Sie anzutreffen. Ich bin Baron von Tschmltrzklptsch –« (Den Namen verstand ich nicht.)

»Ihr Besuch ehrt mich, bitte, nehmen Sie Platz. Ich habe leider nur einen Stu – «

»Danke, danke«, unterbrach er mich nervös. »Ich höre, Sie dichten gut – «

»Sehr gut«, bestätigte ich.

»Ich habe ein vielleicht etwas seltsam klingendes Anliegen an Sie, aber ich würde, wenn Sie einverstanden wären, gut honorieren. Es handelt sich um ein Gelegenheitsgedicht – «

»Goethe schrieb nur Gelegenheitsgedichte«, warf ich ein.

»Würden Sie ein Gedicht über meine Frau machen?«

»Mit Vergnügen. Frauenbedichtung ist meine Spezialität.«

»Meine Frau kommt Montag aus Florenz, wird aber nur vierundzwanzig Stunden bei mir bleiben. Da möchte ich ihr das Poem überreichen.«

»Sehr passend und vornehm.«

»Und ein Honorar von fünfhundert Mark würde Sie befriedigen?«

Ich verbeugte mich tief und konnte kein Wort herausbringen.

»Schön«, sagte der Baron, »ich müßte aber die Bedingung stellen, daß Sie mir das Gedicht am Montagabend persönlich nach Uchtriz bringen. Ich bin zwischen acht und neun Uhr im ›Hotel Kaiser‹ zu treffen. Es tut mir leid, Ihnen die Sache so erschweren zu müssen, aber – – «

»Schon gut. Ich bin ein freies Kind der Zeit. Ich brauche nur noch einige Angaben über Ihre Frau.« Damit holte ich einen für solche Zwecke bestimmten Fragebogen aus meinem Schreibtisch und begann die einzelnen Punkte vorzulesen:

»Haare?«

»Blond«, erwiderte der Fremde.

»Augen?«

»Blaugrau.«

»Größe?«

»Mittel.«

»Schlank?«

»Sehr.«

»Vorname?«

»Elisa.«

»Ah! – Besondere Eigentümlichkeiten oder sonst Erwähnenswertes?«

»Sammelt Strumpfbänder.«

»Danke bestens. Das genügt. Montag zwischen acht und neun haben Sie das Gewünschte.«

»Und nicht wahr, ich kann mich auf Ihre Pünktlichkeit verlassen?«

»Der Wahn ist kurz, die Reu ist lang!« zitierte ich, da mir nichts Passenderes einfiel.

»Schön. Soll ich den pekuniären Teil gleich – – «

»Bitte, das eilt nicht.« Ich heuchelte erhabene Gleichgültigkeit.

»Hier ist die Adresse: Uchtriz, ›Hotel Kaiser‹, acht bis neun Uhr. Dann besten Dank im voraus und auf Wiedersehen. Ich empfehle mich Ihnen!«

»Adieu, Herr Baron, habe die Ehre!« rief ich an der Treppe laut. Alle Nachbarn hörten es.

Das Gedicht über oder besser an Elisa ward noch am selben Tage fast fertig gedichtet. Es gelang wirklich schön. Nur auf Strumpfbänder fehlte mir noch ein Reim, Sumpfländer paßte nicht recht und Rumpfschänder schien mir zu gesucht. Doch das wollte ich schon noch finden.

Inzwischen hatte ich mit vieler Mühe festgestellt, daß Uchtriz ein kleiner Marktflecken, etwa zwei Stunden Bahnzeit entfernt und keine Bahnstation war.

Mein Freund Koppel, dem an dieser Stelle nochmals gedankt sei, lieh mir am Montag das Fahrgeld. In strömendem Regen, auf ausgefahrenen Feldwegen mußte ich von der letzten Bahnstation bis Uchtriz anderthalb Stunden zu Fuß gehen.

»Hotel Kaiser« war der beste Gasthof dort. Man erhielt auf Wunsch Servietten. Übrigens gab es keinen Gasthof weiter in dem Ort. Als ich anlangte, erkundigte ich mich zunächst, ob ein Baron mit schwarzen Haaren, Monokel und vornehmer Kleidung dort logierte, denn ich wußte den Namen meines Auftraggebers leider nicht. Man teilte mir mit, der Herr wohne allerdings dort, habe aber nach Stallberg fahren müssen und hinterlassen, wer ihn zu sprechen wünsche, solle ihn erwarten; er käme um elf Uhr zurück.

Das war sehr fatal und eine Ungehörigkeit, die nur durch die Höhe des Honorars gerechtfertigt schien.

Ich aß von neun bis elf Uhr sieben belegte Butterbrote und feilte dabei noch etwas an meiner Ode an Elisa.

Dann wurde mir die Rückkehr des Barons gemeldet. Ein schwarzhaariger Herr mit Monokel, vornehm gekleidet, erschien. Es war jedoch nicht der von mir Gesuchte, sondern ein Bergingenieur aus Lüneburg. Außer ihm wohnte zur Zeit kein Fremder in Uchtriz, und niemand wußte etwas von meinem Baron. Ich war wütend und befand mich in einer peinlichen Situation, da ich keinen Pfennig Geld mehr besaß.

In meiner Not vertraute ich mich dem Bergingenieur an, bat ihn, mir das nötige Geld vorzustrecken, und bot ihm dafür meine Ode an Elisa an. Etwas mißtrauisch zunächst, wünschte er das Gedicht zu hören. Ich las es vor. Nach der zweiten Strophe schenkte er mir das Geld wie auch das Gedicht und empfahl sich, ohne meinen Dank abzuwarten.

Sehr niedergeschlagen machte ich mich auf den Heimweg, indem ich den Schuft von Baron verwünschte, der mich so niederträchtig im Stich gelassen hatte.

Drei Tage später begegnete mir dieser Herr auf der Straße und wollte kaltblütig vorübergehen. Ich trat jedoch auf ihn zu und grüßte in erwartender Haltung.

Er sah mich einen Moment zerstreut an, dann faßte er plötzlich meine Hand und fragte mit ruhiger Stimme: »Sagen Sie mal, glauben Sie, daß es Katzen mit Flossen gibt?«

»Nein«, entgegnete ich empört, »mein Herr, ich glaube nur, daß Sie verrückt sind.« – –

Ich will nicht zu ausführlich erzählen.

Meine Meinung bestätigte sich. Der Baron entpuppte sich als ein verrückter Barbier aus der Augustenstraße, der in der ganzen Umgegend bekannt war und besonders von der Jugend als Sonderling gern verfolgt wurde. Mein eigener Sohn kannte ihn und lachte mich wegen meiner Leichtgläubigkeit aus. – – Findest du nicht, lieber Leser, daß diese Geschichte viel hübscher anfängt als aufhört?

Drama im Zoo

Es war schwül. Der Schullehrer sah ernst nach einer heraufziehenden Wolke, die wie ein Wiener Schnitzel aussah. Er trieb seine Kinder vom Elefanten zum Affenland. Die Kinder staunten laut. Hundert Fragen lärmten. Ein Herr mit einem harten Hut verließ stolz die Küste des Affenlandes, schritt steif einer anderen Anlage zu und blickte auf ein Bassin hinunter. »Nichts ist hier zu sehen. – Nur eine lange Schnecke ohne Haus.«

Es wurde ganz finster. Der Herr wechselte seine scharfe Brille gegen eine noch schärfere und sah nochmals hinab. »Guten Tag, Herr Gulbransson! Nanu, hier?!« rief er und schwenkte seinen Hut. Der Hut entglitt ihm und trieb dann, Futter nach oben, wie ein Schifflein auf dem Wasser.

Außerdem war es gar nicht Herr Gulbransson, sondern ein Seelöwe, der da aufgetaucht war und dem Zeichner Gulbransson sehr ähnlich sah. Der begann sofort, den Hut auf seiner Nase zu balancieren.

»Offenbar dressiert. Aber was geht das mich an. Es ist mein Hut!« – Die Schulkinder schwirrten an die halbkreisförmige Mauer. Sie jubelten. Das hatten sie noch gestern im Zirkus bejubelt. Nur war es dort ein Ball gewesen.

Der Lehrer wandte sich an den hutlosen Herrn: »Ist Ihnen Ihr Hut entfallen?«

»Das geht Sie gar nichts an.« Der Kurzsichtige hätte

vielleicht noch mehr gesagt, aber ein paar Regentropfen hatten seine Brille getrübt, nun putzte er die.

»Verzeihen Sie«, sagte der Lehrer, »ich wollte Ihnen nur eventuell behilflich sein.« Der Seelöwe schwamm unaufhörlich im Kreise herum, ohne daß der tanzende Hut einmal seiner Nase entwich. Nun kam er der Mauer näher. – Es regnete.

»Ich pflege mir selbst zu helfen«, sagte der Kurzsichtige, ergriff seinen Spazierstock an der Zwinge und versuchte nach dem Hut zu angeln, indem er sich weit über die Brüstung beugte. Er schätzte die Entfernung ganz falsch ein. Außerdem verlor er die Balance und plumpste ins Wasser. Die Schulkinder schrien.

Der Kurzsichtige schwamm hastig dem andern, seichten Ufer zu. Der Seelöwe brachte sich mit einer kurzen graziösen Schleife an seine Seite. Der Lehrer feixte.

Ein Wolkenbruch pladderte. Der Herr im Wasser kroch hilfeschreiend auf allen vieren ans Ufer und wollte ohne Hut, ohne Stock, ohne Brille davonlaufen. Aber da kam gerade aus dem Nachbarkäfig ein Renntier auf ihn zugetrabt. Die Kinder quiekten. – Es blitzte.

Kein Regenschirm entfaltete sich. Lehrer und Schüler flohen. Nur vier von den Kindern trotzten Rügen und Regen, um weiter zuzusehen: Wie Renntier und Kurzsichtiger voreinander erschraken. Dann einander ausweichend entfliehen wollten, aber leider immer dieselbe Fluchtrichtung wählten. Bis ihre Kopflosigkeit sie versehentlich doch endlich trennte.

Das Renntier tat noch ein paar Sprünge und dann das, wozu es herübergekommen war. Es trank von der See-

löwen-Badebrühe. Der Kurzsichtige war entschwunden. Er trachtete wohl konträr nach Trockenheit. – Es donnerte. – Das Renntier fürchtete sich nicht davor. Als es seinen Durst gelöscht hatte, trabte es in sein Spezialrevier zurück.

Der Seelöwe fürchtete weder Renntier noch Gewitter. Dennoch war er sehr aufgeregt. Versuchte immer wieder vergeblich, sich an der Steilmauer hochzuschwingen. Denn an dieser Mauer kroch, ganz langsam, unglaublich steil, etwas Winziges, Dunkles, Glattes.

»Wie groß du bist!« sagte die ehrlich bewundernde Schnecke in ihrer Sprache. »Und wie schnell du dich bewegst! – Bist du männlich?«

Die Robbe verstand die Schnecke nicht und redete sie auf seelöwisch an: »Wie niedlich du bist! Wie du deinen Kopf wiegst, du könntest eine ganz winzige Seelöwin sein, trotz deiner Stielaugen, die dir ganz gut stehen. – Oder bist du ein Fisch? – Hab keine Angst. Komm doch näher! Ich bin so neugierig. – Außerdem habe ich Hunger.«

Die Schnecke verstand kein Seelöwisch, aber sie war begeistert von den geschwinden Tanzbewegungen des großen, fremden Bruders. Sie versuchte es ihm nachzumachen. Sie schnellte ihr Hinterteil hoch. Leider auch gleichzeitig ihr Vorderteil.

Es blitzte und donnerte in rascher Folge. Der Seelöwe spuckte die Schnecke zunächst erst einmal wieder aus.

Sämtliche Besucher des Zoos saßen jetzt im Restaurant. Man pries die moderne Anlage des neuen Tiergartens. Man lobte die Stadtväter, die es damit erreicht hätten, dem kleinen Ort das Gepräge einer Großstadt zu geben. – Wie glücklich die Tiere in diesen weiten freien Einzäunungen sein müßten. Ein besonders Kluger bewies: die Tiere wären jetzt noch glücklicher als in Freiheit. Denn der geringe, notwendig verbleibende Rest von Gitterwerk und Überwachung sicherte sie hier doch vor Feinden. »Im Gegensatz zur Freiheit«, bestätigte ein beinahe ebenso Kluger.

Vom Donner und Regen draußen hörte man drinnen nichts mehr. Die Leute tranken Bier oder Kaffee. Sie lachten über den verrückten Elefanten, der sich selber Dreck auf den Rücken warf. Sie spöttelten über den verwöhnten Seelöwen, der die zugeworfenen Brotstücke verschmähte. – Man lobte das Bier. – Man tadelte die Bieruntersetzer und die Bedienung. – Jemand schlug vor… Alle schlugen mit der Zeit vor. – Es herrschte eine gemütliche Nörgelstimmung.

Im Zimmer der Zoo-Leitung war indessen eine Sitzung

im Gange. Die Reden vom Bürgermeister, von zwei Stadträten und vom Zoo-Direktor gingen herum wie vier Katzen um vier heiße Breie.

Der erste Stadtrat zählte nochmals auf, welche Unkosten der Stadt in letzter Zeit erwachsen wären. Durch die Anbringung zweier Ehrentafeln und Vergoldung der Gitterwerke und Türklinken am Rathaus. Ferner durch...

Der Bürgermeister, getragen von der Solidarität der Stadträte, führte in seiner dritten Ansprache selbstgefällig aus: Daß zwar der Elefant eine Stiftung wäre und die Affen eine Leihgabe wären. – Daß aber angesichts der weit unterschätzten Baukosten. – Und der allgemeinen wirtschaftlichen Notlage der Ankauf eines Seelöwen doch etwas verfrüht gewesen wäre.

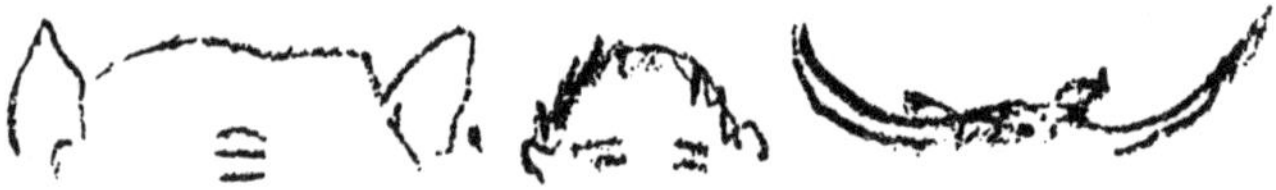

Der junge Zoo-Direktor erklärte leidenschaftlich: Was Tiere kosteten. Was ihr Futter kostete. Was ein Zoo ohne Tiere sei. Und was ein Zoo mit Tieren für den Fremdenverkehr, für Volksbelehrung und Ablenkung von politischen und...

Der zweite Stadtrat erhob sich: Alle Ideale in Ehren. Aber so, wie nun einmal die öffentlichen Ansprüche lägen, müßte man doch zunächst einmal die Anziehungspunkte berücksichtigen. Und den Restaurant-Betrieb ausbauen. Im übrigen könnte man ja zunächst einmal mit billigeren Tieren einsetzen. Mit einheimischen Tieren, wie Igel, Rehe, Papagei, sogar Katze und Hund. Denn schließlich seien doch alle Tiere interessant. Auch er sei der Meinung, die Giraffe vor der Hand – er lächelte – noch etwas in die Länge zu ziehen und abzuwarten, wie …

Der erst seit kurzem ansässige Zoo-Direktor entschuldigte sich für einen Moment. Er wurde ans Telefon gerufen.

Als er zurückkam, weinte er. Die anderen drei Herren erhoben sich wohlwollend erschreckt neugierig. – Der Seelöwe war soeben vom Blitz erschlagen.

Eigentlich hatte der Direktor aus Wut geweint.

Der ehrliche Seemann

Es lebte einmal eine Fee auf Erden in Gestalt einer schönen Prinzessin. Die wohnte in einem prächtigen Schloß, hielt sich unzählige Diener und goldene Wagen mit wertvollen Pferden und trug die kostbarsten Kleider, so daß der Ruhm ihres Reichtums wie der ihrer Schönheit weit hinausdrang. Die Prinzessin hatte im ganzen Lande verbreiten lassen, daß sie sich vermählen wolle, daß sie aber nur einen zum Gemahl nehmen würde, der ganz frei von Lüge und falscher Gesinnung wäre; denn sie liebte die Wahrheit und die Offenheit über alle Maßen. Da strömten denn die Ritter und Edelleute aus allen Teilen des Landes herbei, die die reiche und schöne Prinzessin gerne besessen hätten. Diese ließ jeden einzeln zu sich kommen, legte ihm eine Frage vor, befahl ihm, die der Wahrheit getreu zu beantworten. Darauf hieß sie ihm den Mund öffnen, setzte sich ihre Zauberbrille auf und blickte durch diese in den Mund. Da sah sie denn nun, daß keiner von den Freiern die Wahrheit gesprochen hatte, denn sie hatten alle gespaltene Zungen; das betrübte die Fee sehr, und sie schickte die Ritter und Edelleute wieder fort.

Da nun die Ritter und Edelleute kein Glück hatten, versuchten auch bald viele aus dem Volke, die Prinzessin zu gewinnen. Schuster, Schneider, Dichter, Sänger, Kaufleute und Gelehrte, ja sogar ein Bettler kamen auf das Schloß;

J. R.

denn die Prinzessin ließ alle ohne Unterschied zu sich; aber alle diese Leute mußten unverrichteter Sache wieder heimkehren, denn sie wurden alle von der Zauberbrille als verlogen erkannt.

Da sprach auch eines Tages ein Seemann im Schlosse vor, der war gerade von einer weiten Reise zurückgekehrt, hatte dann die Prinzessin gesehen und sich so in sie verliebt, daß er auf der Stelle zum Schlosse geeilt war und um ihre Hand anhielt.

Mit festem Schritt trat er vor den Thron der holden Jungfrau.

»Sage mir die Wahrheit«, begann diese, »was liebst du am meisten, mein Herz, meine Schönheit oder meinen Reichtum?«

»Deine Schönheit«, erwiderte der Seemann ohne Besinnen, und das war wahr, denn er kannte ja ihr Herz noch gar nicht, und aus dem Reichtum machte er sich nicht viel.

Nun setzte sich die Fee die Zauberbrille auf und gebot dem Seemann, den Mund zu öffnen. Kaum hatte sie einen Blick in diesen getan, so rief sie: »Pfui Teufel, du priemst ja!«, und damit verschwand sie mitsamt ihrem Schlosse, den Dienern, Wagen und Pferden, und der Seemann erwachte in seiner Hängematte.

Kuttel Daddeldu erzählt seinen Kindern das Märchen vom Rotkäppchen und zeichnet ihnen sogar was dazu

Also Kinners, wenn ihr mal fünf Minuten lang das Maul halten könnt, dann will ich euch die Geschichte vom Rotkäppchen erzählen, wenn ich mir das noch zusammenreimen kann. Der alte Kapitän Muckelmann hat mir das vorerzählt, als ich noch so klein und so dumm war, wie ihr jetzt seid. Und Kapitän Muckelmann hat nie gelogen.

Also lissen tu mi. Da war mal ein kleines Mädchen. Das wurde Rotkäppchen angetitelt – genannt heißt das. Weil es Tag und Nacht eine rote Kappe auf dem Kopfe hatte. Das war ein schönes Mädchen, so rot wie Blut und so weiß wie Schnee und so schwarz wie Ebenholz. Mit so große runde Augen und hinten so ganz dicke Beine und vorn – na kurz, eine verflucht schöne, wunderbare, saubere Dirn.

Und eines Tages schickte die Mutter sie durch den Wald zur Großmutter; die war natürlich krank. Und die Mutter gab Rotkäppchen einen Korb mit drei Flaschen spanischen Wein und zwei Flaschen schottischen Whisky und einer Flasche Rostocker Korn und einer Flasche Schwedenpunsch und einer Buttel mit Köm und noch ein paar Flaschen Bier und Kuchen und solchen Kram mit, damit sich Großmutter mal erst stärken sollte.

»Rotkäppchen«, sagte die Mutter noch extra, »geh nicht vom Wege ab, denn im Walde gibts wilde Wölfe!« (Das Ganze muß sich bei Nikolajew oder sonstwo in Sibirien abgespielt haben.) Rotkäppchen versprach alles und ging los.

Und im Walde begegnete ihr der Wolf. Der fragte: »Rotkäppchen, wo gehst du denn hin?« Und da erzählte sie ihm alles, was ihr schon wißt. Und er fragte: »Wo wohnt denn deine Großmutter?«

Und sie sagte ihm das ganz genau: »Schwiegerstraße dreizehn zur ebenen Erde.«

Und da zeigte der Wolf dem Kinde saftige Himbeeren und Erdbeeren und lockte sie so vom Wege ab in den tiefen Wald.

Und während sie fleißig Beeren pflückte, lief der Wolf mit vollen Segeln nach der Schwiegerstraße Nummero dreizehn und klopfte zur ebenen Erde bei der Großmutter an die Tür.

Die Großmutter war ein mißtrauisches, altes Weib mit vielen Zahnlücken.

Deshalb fragte sie barsch: »Wer klopft da an mein Häuschen?«

Und da antwortete der Wolf draußen mit verstellter Stimme: »Ich bin es, Dornröschen!«

Und da rief die Alte: »Herein!«

Und da fegte der Wolf ins Zimmer hinein. Und da zog sich die Alte ihre Nachtjacke an und setzte ihre Nachthaube auf und fraß den Wolf mit Haut und Haar auf.

Unterdessen hatte sich Rotkäppchen im Walde verirrt.

Also Kinners, wenn ihr mal fünf Minuten lang das Maul halten könnt, dann will ich euch die Geschichte vom Rotkäppchen erzählen, wenn ich mir das noch zusammenreimen kann. Der alte Kapitän Muskelmann hat mir das vorerzählt, als ich noch so klein und so dumm war, wie ihr jetzt seid. Und Kapitän Muskelmann hat nie gelogen.

Also lissen tu mi. Da war mal ein kleines Mädchen. Das wurde Rotkäppchen angetitelt – genannt heißt das. Weil es Tag und Nacht eine rote Kappe auf dem Kopfe hatte. Das war ein

Und wie so pißdumme Mädel sind, fing sie an, laut zu heulen.

Und das hörte der Jäger im tiefen Wald und eilte herbei. Na – und was geht uns das an, was die beiden dort im tiefen Walde miteinander vorgehabt haben, denn es war inzwischen ganz dunkel geworden, jedenfalls brachte er sie auf den richtigen Weg.

Also lief sie nun in die Schwiegerstraße. Und da sah sie, daß ihre Großmutter ganz dick aufgedunsen war.

Und Rotkäppchen fragte: »Großmutter, warum hast du denn so große Augen?« Und die Großmutter antwortete: »Damit ich dich besser sehen kann!«

Und da fragte Rotkäppchen weiter: »Großmutter, warum hast du denn so große Ohren?«

Und die Großmutter antwortete: »Damit ich dich besser hören kann!«

Und da fragte Rotkäppchen weiter: »Großmutter, warum hast du denn so einen großen Mund?«

Nun ist das ja auch nicht recht, wenn Kinder so was zu einer erwachsenen Großmutter sagen.

Also da wurde die Alte fuchsteufelswild und brachte kein Wort mehr heraus, sondern fraß das arme Rotkäppchen mit Haut und Haar auf. Und dann schnarchte sie wie ein Walfisch. Und draußen ging gerade der Jäger vorbei.

Und der wunderte sich, wieso ein Walfisch in die Schwiegerstraße käme. Und da lud er seine Flinte und zog sein langes Messer aus der Scheide und trat, ohne anzuklopfen, in die Stube.

Und da sah er zu seinem Schrecken statt einen Walfisch die aufgedunsene Großmutter im Bett.

Und – diavolo caracho! – da schlag einer lang an Deck hin! – Es ist kaum zu glauben! – Hat doch das alte gefräßige Weib auch noch den Jäger aufgefressen. –

Ja, da glotzt ihr Gören und sperrt das Maul auf, als käme da noch was. – Aber schert euch jetzt mal aus dem Wind, sonst mach ich euch Beine.

Mir ist schon sowieso die Kehle ganz trocken von den dummen Geschichten, die doch alle nur erlogen und erstunken sind.

Marsch fort! Laßt euren Vater jetzt eins trinken, ihr – überflüssige Fischbrut!

Rätselhaftes Ostermärchen

(nur mit Ei und Eier aufzulösen)

Der FrackverlOher HOnrich OstermOO kehrte am ersten OsterfOOtage sehr betrunken hOm. SOne Frau, One wohlbelObte klOne Dame, betrieb in der KlOsterstraße Onen OOrhandel. Sie empfing HOnrich mit den Worten: »O O, mOn Lieber!« DabO drohte sie ihm lächelnd mit dem Finger. Herr OstermOO sagte: »Ich schwöre Onen hOligen Od, daß ich nur ganz lOcht angehOtert bin. Ich war bO Oner WOhnachtsfOer des VerOns FrOgOstiger FrackverlOher. Dort hat Ones der Mitglieder anläßlich der Konfirmation sOner Tochter One Maibowle spendiert, und da habe ich denn sehr viel RhOnwOn auf das Wohl des verehrten JubelgrOses trinken müssen, wOl man ja nicht alle Tage zwOundneunzig Jahre alt wird.« Frau OstermOO schenkte diesen Beteuerungen kOnen Glauben, sondern sagte nochmals: »O O, mOn Lieber!« Worauf ihr PapagO die ersten zwO Worte »O O« wohl drOßigmal laut wiederholte. Über das GeschrO des PapagOs geriet HOnrich in solche Wut, daß er On BOl ergriff und sämtliche OOOO zerschlug. Frau OstermOO wurde krOdeblOch und lief, triefend von Ogelb, zur PolizO. Ihr Mann aber ließ sich erschöpft auf Onen Stuhl nieder und wOnte lOse vor sich hin. Bis ihm der PapagO von oben herab On OsterO in den Schoß warf. Da war alles vorbO.

Vom andern aus lerne die Welt begreifen

Ein Märchen

Emanuel Assup war durch Fleiß, Einsicht und Treue ein wohlhabender Gutsbesitzer geworden. Sein einziges Kind, ein stiller Junge, hieß Schelich. Der hatte das Abitur bestanden. Nun sollte er einen Beruf ergreifen. Er äußerte, befragt, etwas unsicher: »Seemann.« Der Vater redete ihm das aus. Das Marineleben sei ein hartes und gefährliches. Schelich könnte mit seiner guten Schulbildung auf anderen Gebieten festeres Glück erreichen. Emanuel Assup führte das sehr sachlich und herzlich aus. Und er ließ dem Sohn danach Zeit, sich in Ruhe auf etwas anderes zu besinnen.

Schelich ging spazieren. Durch den Garten ans Meer, am Strand entlang, durch den Wald und über die Felder. Er fütterte die Vögel und die Fische und sein Lieblingstier: eine Riesenschildkröte, die ihm der Vater zum Geburtstag geschenkt hatte. Für das Tier war im Garten ein zehn Quadratmeter großes Gehege mit einem Bretterzaun abgegrenzt.

Nach mehreren Wochen erkundigte sich Herr Assup bei seinem Sohn: »Bist du schon mit dir selber einig darüber, was du werden willst?«

»Ich möchte Flieger werden.«

»Nein, mein Junge, das gebe ich nicht zu. Der Fliegerberuf ist ein waghalsiger, und sein Ruhm befriedigt auf die Dauer keinen geistig begabten Menschen. Überlege dir etwas Besseres. Ich lasse dir Zeit zum Nachdenken, so lange du willst. Aber ich warne dich vor dem Müßiggang. Werde nicht faul, wie es zum Beispiel die Schildkröte ist, die tagelang auf ein und demselben Fleck liegt und noch nichts geleistet hat.«

Der Sohn antwortete schüchtern: »Ist sie nicht dennoch ein großes Tier geworden?«

Da wandte sich der Vater lächelnd ab.

Schelich ging zur Schildkröte und fragte sie: »Bist du glücklich?« Aber sie gab keine Antwort, sondern zog sich in ihr Gehäuse zurück.

Schelich fragte die Vögel: »Seid ihr glücklich?«

»Ja! Ja! Weit über die höchsten Türme, Wipfel und Gipfel, durch die lichten und wechselnden Wolken zu jagen, gegen die Winde zu steigen, von Winden getragen, sich schwebend zu halten; aus steilen Höhen sich fallen zu lassen, um kurz vor dem Aufprall die fangenden Schwingen zu entfalten und frei zu singen – – das ist wunderschön!«

Da wurde Schelich sehr traurig. Ohne sich jemandem anzuvertrauen, verließ er eines Morgens das Haus seines Vaters und wanderte davon. Als er nach zwei Tagen den höchsten Punkt eines hohen Berges erreicht hatte, stürzte er sich von einer steilen Felswand hinab. Zweifellos wäre er in der Tiefe zerschmettert, wenn ihn nicht ein großer Vogel mit seinen Flügeln aufgefangen hätte. Der trug ihn nun Meilen und Meilen weit über Länder und Meere durch die Lüfte.

»Fliegen ist schön!« sagte Schelich.

»Ja, fliegen ist schön, aber man muß es erlernen und verstehen.« Und der Vogel setzte den jungen Mann in einer fernen großen Stadt ab und entflog.

Schelich fühlte sich frohen Mutes und unternehmungslustig. Er suchte und fand eine Stellung bei einer Fliegereigesellschaft und wurde im Laufe einiger Jahre ein geschätzter Luftpilot. Obwohl er zweimal mit seinem Flugzeug abstürzte, kam er doch mit dem Leben davon und blieb gesund. Aber seinem Vater sandte er nicht das geringste Lebenszeichen. Er wollte ihn erst dann benachrichtigen, wenn er einmal durch eigene Kraft ein Vermögen erworben hätte. Das gelang ihm nicht. Er ward des Fliegerlebens überdrüssig, und seine Sehnsucht nach dem Vater wuchs und wurde so mächtig, daß er eines Tages heimkehrte.

Vater und Sohn fielen einander in die Arme. Sie weinten vor Rührung und Dankbarkeit. Dennoch sprach Schelich kein Wort über das, was er erlebt hatte. Und der Vater fragte mit keinem Worte danach, sondern verzieh schweigend. Aber Schelich war ganz erschrocken darüber, wie sehr sein Vater inzwischen gealtert war.

Und Schelich wurde noch ernster und nachdenklicher. Er eilte zur Schildkröte, fand sie am alten Platz und fragte: »Wie geht es dir? Bist du glücklich?«

Sie gab keine Antwort, sondern zog sich in ihr Gehäuse zurück.

Schelich entfernte den Bretterzaun, der sie gefangen hielt. Der alte Assup kam zufällig hinzu und sagte erstaunt und nicht ohne Vorwurf: »Warum zerstörst du, was ich errichtet habe?«

Wieder lebte Schelich wie zuvor. Er ging spazieren und fütterte die Tiere. Einmal betrat er das Arbeitszimmer des Vaters und teilte diesem ruhig mit, daß die Schildkröte entflohen wäre. Assup senior erregte sich sehr. Er wollte sofort seinen Jäger und ein paar Knechte veranlassen, die Verfolgung aufzunehmen. Schelich beruhigte ihn: »Es ist nicht nötig, Vater. Ich habe die Schildkröte bereits aufgespürt. Sie liegt drei Fuß weit von der ehemaligen Zaungrenze entfernt.«

Vater Assup lachte und klopfte dem Sohn freundlich auf die Schulter. Plötzlich wurde er wieder ernst und sagte, sich abwendend, leise: »Man kommt nicht weit, wenn man sich heimlich entfernt.«

Schelich fragte die Fische: »Seid ihr glücklich?«

»Ja! Ja! Sich von den kühlen Fluten so gütig weich allseitig umspülen, sich treiben zu lassen und tief zu tauchen in dunkles Reich, wo Wunder blinken; ohne zu ertrinken, durch hohe Wellen, durch Strudel und zischende Böen zu reisen, sich vorwärts zu schnellen; das Fließen von Kühlung zu genießen – – ach, das ist wunderschön!«

Da wurde Schelich noch trauriger. Er ruderte heimlich mit einem Boot hinaus in die hohe See und sprang dort über Bord, um sich zu ertränken.

Wäre auch ertrunken, weil er nicht schwimmen konnte. Aber wie er so tiefer und tiefer absackte, fuhr ihm auf einmal ein großer Fisch zwischen die Beine. Der trug auf seinem Rücken ihn zur Wasseroberfläche empor. Und dann auf weiter Reise davon, nach einem fernen Land. Dort setzte er ihn in seichtem Strandwasser nahe einer Hafenstadt ab.

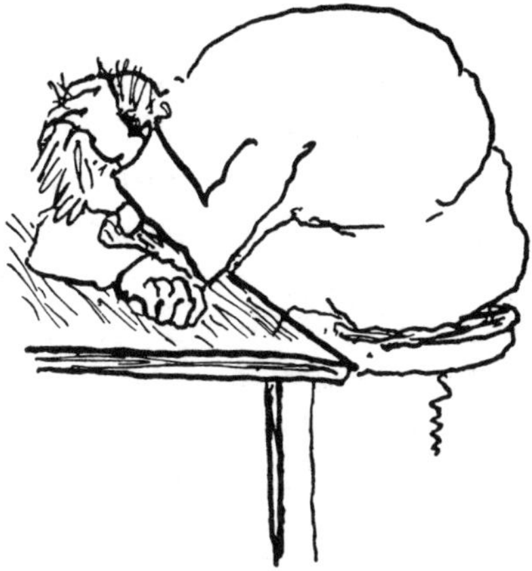

»Ach, schwimmen und reisen ist schön!«

»Ja, aber es will erlernt sein.« Mit diesen Worten entschwand der Fisch.

Schelich watete ans Ufer. Er war voller Energie und Hoffnung. Es glückte ihm bald, sich auf einem Segelschoner als Schiffsjunge zu verdingen. So fuhr er zur See nach entlegenen Küsten und wurde ein guter Seemann. Aber wiederum sandte er keinerlei Nachricht nach Hause, obwohl er diesmal noch stärkere Sehnsucht nach dem Vater empfand als damals in seiner Pilotenzeit. Er wollte so lange als verschollen gelten und nur fleißig arbeiten, bis er dem Vater eines Tages als Kapitän gegenübertreten könnte. An diesem Entschluß hielt er fest. Manchmal meinte er, vor Sehnsucht umkommen zu müssen. Auch bereitete ihm sein Beruf auf die Dauer keine Befriedigung mehr. Doch Schelich avancierte rasch, wurde

Leichtmatrose, Matrose, dann Bootsmann, dann Steuermann.

An dem Tage, da er sein Kapitänspatent erhielt, ließ sich ihm ein Knecht aus seiner Heimat melden. Der hatte sich auch entschlossen, Seemann zu werden, und er brachte Schelich nun die Nachricht, daß Emanuel Assup vor einem halben Jahre gestorben wäre.

Da kam ein schweres Schmerzgefühl über den Sohn. Er reiste, so schnell er vermochte, heim.

Am Grabe des Vaters fiel er nieder und schluchzte bitterlich. Dann trieb es ihn zu der Schildkröte. Auch sie war tot. Ihr Gehäuse mit den verwitterten Resten lag noch am alten Platz. Schelich bettete die Tierleiche in die Erde ein, neben dem Grabe des alten Assup.

Schelich irrte verzweifelt umher, fragte die Vögel und die Fische, warum sie glücklich wären und warum er nicht glücklich wäre. Doch die Vögel und die Fische antworteten ihm nicht mehr.

So machte er sich endlich, unendlich einsam, daran, den Nachlaß seines Vaters zu ordnen. Im Schreibtisch entdeckte er ein schlichtes Notizheft. Dahinein hatte der alte Herr noch mit zittriger Hand geschrieben:

Es sind die harten Freunde, die uns schleifen.
Sogar dem Unrecht lege Fragen vor.

Wer nimmer fragt, merkt nicht, was er verlor.
Vom andern aus lerne die Welt begreifen.

Die wilde Miß vom Ohio

Ich rede von einem jener gott- und menschenverlassenen Eisenbahnpunkte, wo normale Fremde den Verstand verlieren, wenn sie nicht Schlafvirtuosen sind oder ein dichterisches Verständnis für die Poesie der Öde haben. –

Als ich die Tür zur Wartehalle klinkte, flehte ich irgendeine überirdische Macht an, mich nicht in eine Gesellschaft zu lancieren, die über Bierqualitäten, Zufälle im Lotteriespiele oder innere Politik polemisierte.

Es war jedoch nur ein einziger Gast anwesend, eine stattliche Baron-Offizier-Lebemannerscheinung, die mir gleich durch eine kurze Kopfbewegung zu verstehen gab, daß ich mich zu den unsichtbaren Geistern zählen dürfe. Das war ganz nach meinem Sinn, und ich drückte mich selbst in den entferntesten Winkel, gleichfalls ein deutliches Noli me tangere in meine Züge legend.

Der Herr »Ober« bemühte sich, meine schlechte Stimmung auf den nervösesten Punkt zu schrauben, durch allerhand Schikanen, die ich in vier Humoresken und einer Tragödie zu verwenden gedenke. Dann allmählich schlief er am Zeitungsständer ein. Und nun war es still in der leeren Halle. Nur ein melancholischer Landregen nässelte an den Fensterscheiben.

Der Baronartige starrte regungslos auf eine Flasche Burgunder. Ich hatte das Gefühl, daß ich ohne seine Gegenwart ein stimmungsvolles Gedicht verfassen könnte. Die Hände vor die Augen pressend, um ihn nicht mehr zu sehen, gewahrte ich durch die Fingerspalten, daß er energische und eigentlich mehr zielbewußte als blasierte Gesichtslinien hatte, daß eine breite Narbe an seiner Schläfe nicht übel wirkte und daß er einen pompösen, exotischen Ring trug.

Die Einsamkeit ist die Treppe zum Gedankenkeller. Sie ist selbstverständlich wertlos für denjenigen, der unten nichts auf Lager hat. Wer aber sein Fäßchen oder gar Fässer, Tonnen dort liegen weiß – meistens die, welche oben nur wenig verzapfen – , dem fällt es nicht schwer, die Stunden in dieser erfrischend kühlen Tiefe totzuschlagen.

Auch ich wollte mein Fläschchen Spiritus heraufholen, um damit den eingeborenen Zeltinger zu veredeln, den mir das Bahnhofsrestaurant zu Kriegspreisen aufgetischt hatte.

Der Baron war wirklich im Grunde ein recht sympathischer Mann. Er schien ebenfalls trübseliger Laune zu sein und saß noch immer wie ich über sein Glas gebeugt – Zigarrenrauch und Asche studierend.

Da öffnete sich die Türe. Ein älterer, wettergebräunter Dritter im Jagdkostüm blieb auf der Schwelle stehen.

Der Baron bemerkte ihm sofort durch eine kurze Kopfbewegung, daß er sich zu den unsichtbaren Geistern zählen dürfe, und ich legte ein deutliches Noli me tangere in meine Züge. Der Jäger aber bediente sich einer noch überlegeneren Sprache. Er sah sich weder nach dem Baron noch nach mir um, sondern placierte sich mit geometrischer Geschicklichkeit so, daß er uns beiden gleichzeitig den Rücken zudrehte. Die schikanöse Einleitung des Kellners kürzte er dadurch ab, daß er ihn sehr bald mit Kamel anredete.

Ich fühlte mein Dichtermilieu durch einen struppigen Bart, verwegen rollende Augen und eine lokomotivierende Meerschaumpfeife erheblich gestört.

Erst als der wilde Mann mit einem Glas heißer Milch gestillt war und das dienstbare Kamel seine Journal-Ecke wieder eingenommen, trat der status quo ein. Dieses Verhältnis nahm mit der Zeit einen ganz friedlichen Charakter an. Es war, als hätten wir ein stilles Abkommen getroffen, einander rücksichtsvoll zu ignorieren.

Der Ofen begann wie in einer Anwandlung von Mitleid geheimnisvoll zu knistern. In tiefes Sinnen versunken, rührten wir uns nicht. Nur wenn der Kellner seine Beinstellung wechselte, hoben sich für einen Moment drei müde Häupter. Dann war alles tot.

An was denkt man in solcher Situation wohl? – –

Das wird immer individuell sein. Ich zum Beispiel dachte – – ach nein, das ist ganz gleichgültig.

Jedenfalls wurde die Ruhe plötzlich unterbrochen. Es war die seltsame Melodie eines mir unbekannten Liedes, halblaut durch die Zähne gesummt. Ich warf dem Jäger einen vorwurfsvollen Blick zu und beobachtete dann, wie der Baron sich verhielt.

Er hatte gleich mir den Kopf erhoben und außerdem eine Zeitung ergriffen, aber ich bemerkte, daß er hinter derselben neugierig den Jäger fixierte. Gleich darauf legte er das Blatt beiseite, leerte sein Glas mit einem nervösen

Schluck, trommelte mit den Fingern auf das Tischtuch und stimmte leise pfeifend in das Lied, dasselbe Lied ein.

Nun sah auch der wilde Mann auf und schwieg. Der Baron schwieg gleichfalls. Es kam mir vor, als sei ein kleines Vorpostengefecht beendet.

Plötzlich erhob sich der Burgunderherr, trat mit ungezwungen vornehmer Haltung an den Jäger heran und sagte: »Mein Herr, erlauben Sie mir die Frage: Waren Sie je am Ohio?«

»Ja«, erwiderte der andere erstaunt.

»Und Sie kennen die wilde Miß vom Ohio?«

»The wild Miß? – – « Etwas wie ein wehmütig-glückliches Lächeln fuhr über das harte Jägergesicht. Er hielt dem Frager seine kräftige Rechte hin, und dann gab's einen Handschlag, den ich im Leben nicht wieder vergessen werde. Und nun rückten die beiden zusammen, und der Kellner wurde aus seinem Presseschlummer gejagt, um Sekt und Zigarren zu bringen, und dann begannen die beiden zu fragen und zu erzählen, und dazwischen stießen sie so feurig die Gläser zusammen, daß der Kellner jedesmal zusammenfuhr.

Ich verstand kein Wort weiter von dem, was da besprochen wurde, aber ich glaubte den Inhalt zu erraten, und das Herz ward mir dabei weit, als sei ich berauscht.

Es mußte eine köstlich interessante Erzählung sein – aus dem Leben dieser Männer, und das Lied, woran sich beide erkannt hatten, sowie die wilde Miß vom Ohio mußten irgendeine romantische Rolle darin spielen. Leidenschaftliche, gefährlich-schöne, vielleicht teilweise sehr traurige Erlebnisse.

Dornröschen

Ich sah ein einsames Licht aus dem nachtdunklen Ufergebüsch des Ohio blinken. Die wilde Miß stand vor mir, eine herrliche, heißblütige Kreolin mit tiefschwarzen, verführerischen Augen, und ich wob einen spannenden und ergreifenden Roman um sie. – –

Die Augen der Erzähler leuchteten begeistert, ihr Sekt schäumte und der Zigarrenrauch umlagerte sie, wie Nebelwolken, den kühlen, schwarzen Fluten des Ohio entstiegen. Ich aber saß einsam in meiner Ecke und spürte eine so gewaltige Sehnsucht danach, auch Anteil an diesen bewegten Erinnerungen zu haben und hinzugehen, um zu sagen: Meine Herren, auch ich kenne das Lied, den Ohio und die wilde Miß. Darf ich mich zu euch setzen? – –

Glückliche, beneidenswerte Weltmenschen! –

Noch nie hatte ich ein Alleinsein so bitter empfunden wie in dieser Stunde. Ich faßte den Entschluß, mir auch ohne Belege als Zuhörer einen Platz bei den beiden zu erbitten.

Da pfiff etwas. Ein Zischen – ein Rollen – – der Zug lief ein. – –

Ich habe weder den Jäger noch den Baron wiedergesehen. Die Geschichte der wilden Miß vom Ohio habe ich nie erfahren, aber wenn ich mich ihres Titels erinnere, habe ich eine häßliche, drückende Empfindung.

Es ist das Gefühl des Unbefriedigtseins. Etwa wie wenn man während einer spannenden Lektüre nach der weggelegten Zigarre greift und plötzlich merkt, daß diese auf unerklärliche Weise abhanden gekommen – – Nein, es ist ein ganz anderes, viel tieferes, trüberes Gefühl.

Durch das Schlüsselloch eines Lebens

Aber als das Fest müde geworden, als jene schalen Späße auftauchten, welche die Lustigkeit bis zur ärmlichsten Dünne in die Länge ziehen, als das Gelächter schon im Lallen oder Gähnen verklang und in der Dunkelheit stiller Nebenräume menschliche Atemzüge vernehmlich auf- und niederstiegen, da bestellte sich Berthold einen Wagen und entfernte sich heimlich.

Indem er draußen dem kalten Winterwind aufgerichtet und mit weitgeöffnetem Mantel entgegentrat, kam er sich wie ein kühner Feldherr vor, nicht nur, weil ihn der Kutscher des Mietwagens entsprechend behandelte.

Der Dank eines durch Trinkgeld gerührten Dieners klang ihm nach. Der Schlag klappte beängstigend laut zu. Er vernahm ein Schnalzen, Getrappel, Gerassel und sagte mit fröhlichem Pathos: »Ich rolle.« Seinen Körper möglichst über vier Sitze verteilend, wandte er sich noch einmal nach den erleuchteten Fenstern der Villa zurück und ließ seinen Stolz in der Erinnerung baden, daß er in Gesellschaft reicher oder berühmter Leute vornehm gespeist und getrunken hatte.

Über den dick verschneiten Straßen dämmerte es bereits, und da Berthold Arbeiter, Bäcker und Milchweiber ihren frühen Geschäften nachgehen sah, ward seine gute Laune durch ein Gefühl von Beschämung gedämpft.

Irgendwo im Weichbild der Stadt ließ er halten und bezahlte den Kutscher. Die Folgegeister eines feurigen Burgunders hielten ihn wach und schürten die Lust zu der unvernünftigen Idee, mit Ballschuhen und Zylinderhut einen Morgenspaziergang über Land zu unternehmen.

Hinter den letzten Häusern sah Berthold eine weiße Wüste von Schnee vor sich und darüber einen wohltuend ruhigen, lichtgrauen Himmel. Die frische Luft klärte seinen Blick. Der noch jugendliche Mann sandte einen recht selbstbewußten Gedanken kondolierend nach dem heißen, verrauchten Saal zurück, den er als einer der ersten verlassen. Er war entschlossen, sich um einen Schlaf zu betrügen und seine kühne Stimmung in irgendein der Gelegenheit anzupassendes Erlebnis umzuschmelzen, wie man in der Neujahrsnacht heißes Blei ins Wasser gießt, um zu sehen, was daraus wird.

Die gleichmäßige Schneedecke verbarg Wege und Gräben, und nur die Krümmungen der Landstraße waren durch zwei Baumreihen mit gleichsam märchenhaft verzuckertem Gezweig gekennzeichnet. Aber Berthold stapfte quer über das verschneite Ackerland, oft tief versinkend. Wie ein schwarzes Boot durch ein weißes Meer ging er durch den weiten, weichen, blendend reinen, unberührten, jungfräulichen Schnee und genoß die Lust, ihn als erster zu durchwühlen. In dieser Lust lag etwas von der Freude des Vandalen oder von dem Vergnügen, das man empfindet, wenn man die gespreizte Hand in einen Sack voll Hafer versenkt. Und doch war ihm jemand zuvorge-

kommen, denn er stieß bald auf die Fußstapfen eines Menschen, der, ebenfalls Straßen verschmähend, die Felder durchquert hatte. Es waren zierliche Spuren in geringen Abständen, also wohl von einer Dame herrührend.

Ein Vogel schwang sich auf, als Berthold niederkniete, die Abdrücke zu untersuchen. »Guten Morgen, Rabe«, rief er, »ich bin Lederstrumpf – nein, besser Sherlock Holmes. Wenn ich das Weib, das hier gegangen ist, erwische, dann kommst du vielleicht noch zu einem zarten Galgenfrühstück. Haha! Warte einmal – eins, zwei, drei, vier – – einundzwanzig Nägel hat sie im Absatz, jawohl !«

Der einsame Sprecher erhob sich lachend und schritt beschleunigt den Fußstapfen nach; er wünschte zu erfahren, wohin die Stiefelchen zu so früher Stunde gewandert waren.

Etwas später hob er ein blauseidenes Taschentuch auf, in welches er einen kleinen, unscheinbaren Notizkalender eingewickelt fand. Auf der Umschlagseite, mit Tinte mehr gemalt als geschrieben, stand: Lygia Valtin, Gruseliusstraße 3/IV. Die inneren Buchseiten enthielten unter fortlaufenden Daten Bleistiftnotizen. Mühsam entzifferte er:

Graf Naschauer – Perlgürtel – Puderdose Bahnhof – Eisbahn – Putzi schreiben – Schutzmann Klimmer – Kneifer – vier Uhr Kaiserplatz Kleiner Schwarzer – Rezept Hirschpastete – ein Neger mit Gazelle zagt im Regen nie – Baron von Biegemann, Frankfurt am Main, Taunusstraße 7 – zwei Meter Moiréeband – Wäsche . . . und ähnliche Notizen.

Es geschah an einem Januar-Freitag, da Berthold das las, und für diesen Tag fand er in dem Kalender die Bemerkung: »Mutters Todestag«, »Kleiner Schwarzer zwölf Uhr Mittag«. Das war der Inhalt des Büchleins. Der junge Herr stieß einen Pfiff aus; das gesuchte Abenteuer begann. Weitereilend, gewahrte er bald, daß die Fährte, der er folgte, einem kleinen, abseits gelegenen Dorffriedhof zustrebte. Eine seltsame Rührung erfaßte ihn vorübergehend. Das Bild, das er sich nach den Stiefelabdrücken, dem stark duftenden Tuch und jenen Notizen in Gedanken von Lygia Valtin angefertigt hatte, bekam eine andere Gestaltung durch die Begriffe »Mutters Todestag« und »Feldfriedhof«. Die Achtung, die er vor der Unbekannten empfand, bewog ihn, ihre Verfolgung aufzugeben. Aber sein Interesse für die Dame war gestiegen, zumal er an dem Fund zu erkennen glaubte, daß sie hübsch, jung, gewiß auch reich an Beziehungen sei. Deshalb wollte er sie in ihrer Wohnung aufsuchen; bot doch das Tuch genügend Anlaß.

Während er die Strecke über die Felder im Zurück weit schneller als im Hin durchwatete, sann er auf eine originelle Anrede, sich bei Lygia einzuführen. – Er konnte beispielsweise beginnen: Gnädigste, ich heiße Berthold Sievers und komme, um Ihnen mitzuteilen, daß Sie einundzwanzig Nägel im linken Absatz tragen. – Dann vermochte er ihr verwirrtes Erstaunen noch höher zu schrauben, indem er etwa hinzulog: Außerdem läßt Ihnen Baron von Biegemann durch mich beste Empfehlungen und die Bekanntgabe zugehen, daß er sich mit der chinesischen Prinzessin Hink Puckling verlobt und gleichzeitig eine Hutkrempenfabrik in der Taunusstraße eröffnet hat.

Das mußte eine amüsante Unterhaltung zeugen, und Berthold nahm sich vor, erst dann mit Aufklärung, Taschentuch und Notizbuch herauszurücken, wenn der Grundstein zu etwas Galantem oder Zartem oder Intimem gelegt sein würde. Und ein Mädchen, das am frühen Wintermorgen aufstand, um das entfernte Grab ihrer Mutter zu besuchen, war doch nicht anders als gemütvoll und liebenswert zu denken.

Als Herr Sievers die innere Stadt erreichte, war es heller Vormittag geworden, ein lebendiger, fröhlicher Vormittag. Die Stimmen des Orchesters »Verkehr« hatten eingesetzt.

Der junge Mann betrat ein Speisehaus mit der Absicht, kräftig und behaglich zu frühstücken.

Die Kirchtürme läuteten Mittag, als er im vierten Stock des dritten Hauses in der Gruseliusstraße klingelte. Eine ältliche Frau öffnete scheu, deren Gestalt an den Kugelaufbau eines Schneemannes erinnerte, eine Frau, deren Gesicht und Kleidung dabei etwas so Trübseliges, Verwaschenes und Ungewaschenes hatten, daß der närrische Gedanke durch Bertholds Gehirn zuckte: so ungefähr müßte man sich die Mutter des schlechten Wetters vorstellen. Er konnte ein Lächeln nicht unterdrücken, er wollte es auch gar nicht, da seine Laune voll Lustigkeit und Selbstzufriedenheit war. Überdies hatten sich die Überreste einer Mahlzeit, ein paar Makkaroni, auf unerklärliche Weise in das struppige Haar der Dame verwickelt, und das wirkte durchaus erheiternd.

Herr Sievers erhielt auf seine ausgesucht höfliche Frage nach Lygia Valtin die Antwort: Das Fräulein wäre ausgegangen, aber er sollte nur warten. Das wurde ihm etwas geheimnisvoll und nicht eben freundlich mitgeteilt, doch er nickte einverstanden. Darauf schob ihn die Frau, seine Ellbogen von hinten ergreifend, wie einen Kinderwagen durch einen nachtdunklen Korridor. In dem unbehaglichen Gedanken an Schrankecken oder Stufen wollte er Tastbewegungen machen, aber da wurde er auch schon in ein helles Zimmer gestoßen. Die Tür fiel hinter ihm zu. Er hörte, wie die Makkaronidame sich draußen auf Filzschuhen schlürfend entfernte.

Berthold hängte lächelnd Mantel und Hut an einen Kleiderständer zwischen eine blauseidene Matinée und eine Gitarre, dann nahm er auf einem vergoldeten Rokokostuhl Platz. Der Raum, in dem er sich befand, sah gutmütig aus. Er war durch einen Herdofen mollig gewärmt, und – das bemerkte Herr Sievers sofort – er war kein Zimmer von irgend jemandem, er war eine ganze Welt für sich – für Lygia Valtin natürlich. Es standen dort moderne und alte Möbel, Tisch, Stühle, Bett, Kleiderschrank, Bücherregal, ferner ein Diwan, auf dem eine flachsblonde Puppe mit offenen Augen schlief, ein Reisekorb, auf dem gebrauchtes Kochgeschirr unordentlich durcheinanderlag – auch der Schatten unterm Bett war indiskret. An den Wänden hingen zwei Revolver, cin Florett, ein Bademantel und viele Bilder. Berthold betrachtete: Gruppenphotographien junger Leute beiderlei Geschlechts, teils im Freien, teils in Zimmern aufgenommen, die ebenso bunt verstellt waren wie Fräulein Valtins Behausung. Diese Bilder lebten auf einmal. Aus ihren Rahmen sprangen Studenten, Offiziere, Kaufleute und Damen in ärmlichen oder besseren, aber immer auffallenden Kleidern, tanzten wie trunken, lachten schmetternd und redeten komischen Blödsinn, und eine Dame, die mehrfach vertreten war, mußte Lygia sein.

»Leidenschaftlich, rassig, beinahe spanisch«, dachte Berthold, und gleichzeitig hing die Gesellschaft wieder in toter Bilderform an der Wand, »phantastisch, aber geschmackvoll, mittelgroß, ebenmäßig, schlank, dunkelhaarig – etwa 25 Jahre alt. Sieht sich gerne abgebildet.« – Er fand sie in grande toilette ernst und würdig an eine marmorne Brüstung gelehnt, als strampelnder Pierrot, von zwei Türken getragen und auf dem Fahrrad, fesch, kühn, mit der weltverachtenden Miene der Berufsfahrer. Sie lag träumerisch hingegossen, seitlich auf dem Diwan, die rechte Hand in das langseidige Fell eines Hundes gewühlt, der sich schlangenartig an ihrem Busen zusammengerollt hatte. Sie stand nackt, mit erhobenem Schläger, mit stolz und streng zusammengezogenen Brauen wie eine rächende Göttin vor ihrem Schrankspiegel, der hinterrücks ihre göttlichen Rundungen verriet. An einem Necessaire auf der Waschkommode, zwischen einem Verschönerungsverein von Kämmen, Bürsten, Scheren, Feilen, Parfümflaschen, Augenstiften und Schminkschachteln, lehnte ein Kopf von Lygia, in greller Beleuchtung gezeichnet, ein Kopf mit wild verzerrten Augen und wirrem, aufgelöstem Haar. Der wie zum Schrei geöffnete Mund entblößte eine Reihe makelloser Zähne. Unter dem Bild stand »Dementia«.

»Sie kann schauspielern, sie hat Raffinement«, sagte der junge Mann laut vor sich hin. Seine Worte kamen nicht so gleichgültig heraus, wie er sie auszusprechen sich unwillkürlich bemühte. »Und das ist ihre Mutter«, fuhr er noch lauter, ja fast mit einem freudigen Schrei fort, indem er sich dicht an das vergilbte Porträt einer alten Frau beugte. Ein Kranz noch feuchtfrischer Tannenzweige war über das Bild gehängt. Berthold sah nach der Uhr. Es war so ganz still in dem Zimmer. Nur ein Kanarienvogel schrie unaufhörlich pie-eps, pie-eps. Sein Käfig stand zwischen grotesken Kakteen und kleinen, aber gut gepflegten Palmen auf dem einzigen Fenstersims. Man hatte ihm einen Berg von Futterkörnern aufgeschüttet, der für einen Monat ausreichen konnte, doch das Trinkgefäß des Vogels war leer. Die Erde in den Gewächstöpfen war hart und trocken. Berthold überzeugte sich davon, während er lange vor dem Fenster oder, wie er es taufte, vor Lygias »Garten« auf und ab schritt. »Warum kommt sie nicht!« redete er den Vogel an, und als dieser keine menschliche Antwort gab, nannte er ihn ein dummes Tier, das nichts verstände, als pie-eps zu schreien und blanke Kupferstäbe zu beschmutzen. Dann wollte er wieder auf dem Stuhl Platz nehmen, aber dieses Möbel hinkte, darum vertiefte er sich lieber in einen bequemen Klubsessel und begann seine Begrüßungsrede mit Betonung der einundzwanzig Nägel zu memorieren. Er sah wieder nach der Uhr, erhob sich wieder, ging wieder geraume Zeit auf und ab.

Lygias Bett war aufgedeckt. Wie sauber es glänzte! Berthold erinnerte sich an den Schnee. Zu Fußende war ein Spiegel und darüber ein Kruzifix angebracht, hinter dem eine Hundepeitsche steckte. Auf den mit Stickereien durchbrochenen, luftig aufgebauschten Kissen lag ein Stoß weicher Spitzenhosen. Herr Sievers hielt kurz den Atem an, verdrehte die Augen, tauchte für einen Moment das Gesicht in die Wäsche, und obgleich er sich allein wußte, trat er doch darauf schnell und verlegen zurück. – Pie-eps, pieeps, klang es vom Fenster her. Er ging auf und ab, trat ans Bücherregal und fing an, die Bände der Reihe nach herauszuziehen: Pakete, die ihn nicht erreichten, von Jakobus Schnellpfeffer, Rabelais, Gontscharows »Oblomow«, Goethes Gedichte, Ursache und Behandlung der Maul- und Klauenseuche, Die Kindsmörderin –

»Wem gehören diese Bücher?« fragte er sich. »Es ist

doch viel Gutes darunter, und der Kupferstich über dem Regal ist vorzüglich.«

Er lächelte, gähnte rücksichtslos und freute sich über die Unbefangenheit, mit der er Lygias Zimmer untersuchte. Trotzdem erkaltete sein Behagen an einem gewissen Gefühl des Fremdseins, ohne daß er sich dessen bewußt ward, und wie es ihm nicht gelang, die beobachteten Einzelheiten zu einem ganzen Gebäude zusammenzufügen, so fand er auch keinen Übergang von Lygias Häuslichkeit zu seiner eigenen.

Pie-eps, pie-eps, klang es durch die Stille.

Es war spät geworden. Er sah es an der vorgerückten Dämmerung, deren Schatten das Zimmer merkwürdig entstellten. Er entzündete eine schlecht geputzte Stehlampe – mit der rotglasigen Ampel überm Bett verstand er nicht umzugehen. In spielerischen Schritten, den Kopf auf die Brust geneigt, umkreiste er mehrmals den Tisch. Später setzte er sich an den Schreibtisch, zog Schubfächer heraus und – er wußte, daß es unrecht war – begann Briefe durchzulesen.

Es waren viele, aber er las sie alle, bedächtig, langsam, mit zunehmender Spannung. Währenddem wurde sein Gesicht von einem Ausdruck des Ernstes und von einer edlen Ruhe verschönt.

Um ihn herum war alles still, auch der Vogel am Fenster schwieg jetzt. Herr Sievers saß lange Zeit vor den Briefen. Seine Gedanken errichteten Stufe für Stufe die Treppe, auf welcher Lygia Valtin geschritten – abwärts geschritten war. Er stellte sie sich vor, wie sie zaghaft ans Geländer geklammert, hinabgeschlichen, wie sie, als dieses aufgehört hatte, gestolpert, gefallen war, sich aufgerichtet hatte, wieder vorsichtig, dann leichtsinniger über die kalten Stufen gelaufen, zuletzt getanzt war und nun im Schwung nicht mehr einzuhalten vermochte.

»Wie verwunderlich ist das Leben«, sagte er, als ob er etwas ganz Neues ausspräche, und fügte hinzu: »Wo bleibt sie nur? Und ob mich denn die Wirtin ganz vergessen hat?«

Indes mahnte ihn plötzliche Müdigkeit an eine Nachtwache. Ihn wandelte das Verlangen an, sich auf Lygias Diwan auszustrecken und einzuschlummern wie ein Märchenprinz in fremdem Garten, ohne zu wissen, wie er erwachen, wer ihn wecken würde. Wunderschön mußte es doch sein, jetzt sanft, allmählich jede Klarheit zu verlieren, hinüberzugehen in die Träume, willenlos dem Gedanken ergeben, daß er sich Unbekannten überlasse, daß Unbekannte ihn, den Unbekannten, finden würden. Und als er sich wirklich ganz leise, behutsam, aber doch bequem neben der flachsblonden Puppe niederließ, auf dem Diwan, der gewiß schon oft das Rauschen von Seide, das Stammeln der Leidenschaft und die herben Seufzer der Einsamkeit vernommen hatte, da ging eine leise Traurigkeit über ihn.

So lag er und sann über Lygia nach. Was würde sie wohl sagen und mit welchen Bewegungen, welcher Stimme? Ob sie wohl sehr spät käme? Aber er hatte sechs Stunden gewartet, er konnte auch sieben Stunden warten. »Vielleicht kommt sie nicht allein«, überlegte er, »und sie ist kühl, verwundert, dankt trocken, und ihr Begleiter lacht. Vielleicht kommt sie doch allein, die schlanke Frau, von der ich so viel weiß. Sie kann auch böse sein oder mit der Zunge anstoßen oder, ohne über meinen Besuch zu erstaunen, sich auf meine Knie setzen.«

Ihm fiel jenes Sprichwort ein, das mit einfältigen Worten eine hübsche Weisheit faßt: Wenn's am besten schmeckt, soll man aufhören.

Herr Sievers erhob sich hastig. Er schlüpfte in seinen Mantel, setzte den Hut auf, knüpfte das gefundene Notizbuch wieder in das Seidentuch und warf es nahe dem Kleiderständer auf den Boden. Er tat das mit einer wachsenden inneren Aufregung. Dann verließ er das Zimmer. Jedoch im Rahmen der geöffneten Tür kehrte er nochmals um, ergriff einen Meißener Waschkrug und goß mit zitternder

Hand Wasser in die Gewächstöpfe und in den Trinknapf des Kanarienvogels. Nun schlich er davon und erreichte die Straße, ohne jemandem begegnet zu sein.

Und obwohl er müde, hungrig und ungewaschen heimkehrte, erfüllte ihn doch ein geheimnisvolles Behagen, wie es ein guter Mensch empfindet, der durchs Schlüsselloch etwas Ungeniertes beobachtet hat, wie etwa ein Vater, der seinen Kindern so zugesehen hat.

Ja, auch er, Berthold, hatte durch ein Schlüsselloch, durch das Schlüsselloch eines Lebens geschaut, und da er daran dachte, daß es Millionen solcher Leben gab, von denen jedes wieder seine eigene Gestaltung besaß, war es nicht nur Behagen, was ihn erfüllte, war es ein tiefes Ergriffensein vor der Unermeßlichkeit der Menschheit.

Der tätowierte Apion

Nachlässig schwenkt sie die Waffen der Reinlichkeit, Besen, Schaufel, Staubtuch. In der Schürzentasche, die wie ein Känguruhbeutel überm Magen klafft, trägt sie die Morgenpost für den gnädigen Herrn, und so betritt sie, feindselig, dessen Arbeitszimmer. Diesen scheußlichen, unangenehmen, ungemütlichen Raum, wo man nicht zwei Walzerschritte versuchen kann, ohne eine Vase, ein Bild oder solch einen dämlichen Gott zu Scherben zu bringen; Götter, die nur aus Gips und Stein bestehen, zum Teil keine Arme oder Beine mehr haben und die der Professor doch mit kindischer Zärtlichkeit verehrt, während er für die Menschen kein freundliches Wort erübrigt; Bilder – und Schweinereibilder darunter –, welche die schöne Plüschtapete völlig verbergen; Tonfiguren, mit Staub und Spinnweb überzogen, Bücher, Zeitungen, Papiere überall verstreut und so dicht gehäuft, daß man von den Möbeln nichts erkennt, auf denen sie ruhen. Und man soll sie abstäuben und darf sie doch nicht berühren. »Er hat wieder die Nacht durchstudiert«, bemerkt Agnes zu dem leeren Glasbassin einer kunstvollen Renaissancelampe, und sie breitet die Morgenpost wohlberechnet auf der aktuellen Stelle des Schreibtisches aus, wo immer das Neueste lagert, nicht ohne die angekommenen Karten vorher nochmals neugierig zu untersuchen.

Es ist eine darunter von der gnädigen Frau aus dem Seebad. Sie scheint sich vortrefflich zu amüsieren; wer mag es ihr verdenken.

Auf dem Schreibtisch fällt diesmal ein schwarzpolierter Kasten als noch unbekannt auf, außerdem eine Broschüre, überschrieben: An-tikes – Leben – aus – grie-chi-schen – Papy-ri. Weiter quält sich das Mädchen nicht, wendet sich vielmehr ab, wie von etwas Unappetitlichem überrascht. Aber daneben schreit eine Bücherrechnung; die versteht sie.

800 Mark! Achthundert Mark wirft er für so was fort, und den neuen Zylinderputzer hat er neulich abgelehnt. Sie, Agnes, muß seit Jahren jeden Pfennig ängstlich hüten, um nur den Violinunterricht für ihren Sohn bestreiten zu können, und er, der Professor –. Aber er genießt seinen Reichtum nicht. Wenn sie nur einen kleinen Teil seines Vermögens besäße, wie wüßte sie ihn fröhlich und sattsam auszukosten; und obendrein würde dann gewiß der Mann sie heiraten, der ihr das Kind gemacht hat. Das liebe Kind! Der brave, herzige Junge; er wird auch ohne das seine Straße finden, denn er ist klug. O ist er klug, und schmuck und gradaus, so daß alle ihn gern haben. Er wird erst seine drei Jahre Soldat sein und nachher weiter Musik studieren. Er wird ein berühmter Mann werden, so Gott will, noch berühmter als der Professor, ein »Geigenvirtuose«.

Unter solchen zuversichtlichen Erwägungen hantiert Fräulein Mutter Agnes aus sicherlich reizvollen Tiefen ihrer Bluse einen Brief und ein schmales Porträt hervor, um beides mit Muße innig zu betrachten, das Bild sogar wiederholt zu küssen.

Wie gesteigerte Rührung sie zwingt, mit dem Nächstbesten, das heißt: mit dem Staubtuch, die Augen zu trocknen – schon daraus ergibt sich, daß der Brief ihr weit mehr bedeutet als etwa einem fremden Dritten, welcher von ihm nur ablesen würde:

»Liebe gute Mutter.
Herzliche Grüße von Bord S. S. Carola, wo wir gestern eingeschifft sind. Ich schicke Dir meine Photographie. Grüße Herrn Werk und alle Bekannte von mir. Es geht mir sehr gut. Alle sind gut zu mir, und mein Violinspiel kommt mir hier sehr zu statten. Gestern haben Paul und ich uns Glaube-Liebe-Hoffnung (ein Kreuz, ein Herz und ein Anker) in den Oberarm einstechen lassen. Das vergeht nie mehr. In der Hoffnung, daß Du gesund bist und mir bald schreibst, küßt Dich

Dein Oswald.«

Im Studierzimmer des Professors, wo das Dienstmädchen auf derartig pflichtvergessene und gemütvolle Weise ihr Reinigungsamt einleitet, geschieht plötzlich etwas, wenn auch nicht Wunderbares, so doch erschreckend Ungewöhnliches. Nämlich: zum gleichen Moment, da vom Gartensaal die zorngehobene Stimme des Hausherrn herüberschwillt, nach der im Hause nur allzu gewohnten Melodie: Gegen Dummheit kämpfen Götter selbst vergebens – zur selben Zeit löst sich in einer schlecht belichteten Ecke ganz von selber eine kleine eingerahmte Silhouette von der Wand und klirrt zu Boden.

Es vergeht geraume Weile, bis die Dienerin das Ereignis

begreift. »Das ganze Haus zittert, wenn er den Mund öffnet«, murrt sie, »da haben wir die Bescherung: Scherben. Scherben am Morgen bringt Kummer und Sorgen. – Lieber Gott, das war sein einziger Sohn«, fügt sie, das Bildnis erkennend, in weichem Tone hinzu, »der hängt hier im dunkelsten Winkel. Über das alberne gelehrte Zeug haben sie ihn ganz vergessen – und ist doch kaum vier Jahre her, daß er ertrank.«

Sie entfernt Splitter und Rahmen von der Pappe, und indem sie diese mitten auf den aktuellen Schreibtischplatz ans Tintenfaß stellt, folgt sie – wer weiß – einer sehr hübschen Idee. – Wieder ein Geräusch. Die Uhr neben dem großen Gipsmann, der wie der Papst aussieht, schlägt, die alte Standuhr (der Professor nennt sie schlechtweg nur »die Zeit«) mit den vielen Männchen und Türmchen und anderen Geschichtchen drum und dran. Es klingt heute so häßlich mahnend.

Besen, Schaufel, Wischtuch erwachen, huschen, kratzen, scharren, schieben. Agnes räumt auf. Sie klappert und rückt, sie reckt sich und bückt sich, und ungeachtet sie sich nach Manier der Stubenmädchen häufig unterbricht, um den Spiegel zu befragen oder ein Buch näher zu beäugeln (worin sie dann auf enttäuschende Titel stößt), drückt sich zuletzt doch in ihrer Miene die Genugtuung aus, das Erforderliche zur rechten Zeit beendet zu haben. Im Frohsinn darob und in einer Art gutmütiger Verachtung kann sie es sich nicht versagen, bevor sie die Stube verläßt, noch dem alten Gipsmann mit dem Besen ins Gesicht zu stippen, so daß ein Büschel schmutziger Teppichfasern an der weißen Nase hängenbleibt. – – Und als die Tür zuschlägt, lächelt der alte Gipsmann – es ist eine Voltairestatue –, lächelt mit seitwärts geneigtem Haupte, wie er zuvor gelächelt hat und wie er weiter lächeln wird, nach Houdons Willen, gedankenschwer, altersmild, überlegen – ein wenig spöttisch – ein wenig falsch. – –

Irgendwie erinnert der Professor an einen Marabu, als er bald darauf nachdenklich dasselbe Zimmer betritt. Dieses geistvolle, interessante Zimmer, wo tausend Gegenstände das Herz anregen, deren jeder an Kunst und Wissenschaft appelliert, von Weisheit, Schönheit und achtunggebietendem Fleiße predigt. Der kleine bejahrte Herr mit der von spärlichem, aber langem Weißhaar umpluderten Glatze weiß genau, welchen gelehrten, würdevollen Eindruck seine Stube gewährt, obschon er sie nie als Ganzes überschaut, vielmehr nur einzelne Stellen ins Auge faßt, wenn er beim Durchgehen die meist abwärts gerichteten Blicke einmal aufhebt. Aber in solchen knappen Momenten ist es, als sähen da zwanzig Augen und dächten zwanzig Köpfe dahinter.

Dort fehlt ein Band Niebuhr, entdeckt sein linkes Auge am Regal, während das rechte die Teppichfasern an Voltaires Nase gewahr wird. Schon ist die rechte Hand bestrebt, dieses Übel zu beseitigen. Dabei betastet die Linke eine auf dem Rauchtisch befindliche Silberschale, eine Kopie von jener aus dem Hildesheimer Fund, und laut sagt der Professor: »Nein, das kann unmöglich ein Steuer sein, was die Minerva in der Hand hält.«

Er schleppt verschiedene Folianten zum Schreibtisch und läßt sich dort umständlich bequem auf einem geschnitzten Stuhl nieder, mauert sich, sozusagen, dort ein, als ob er für viele Stunden nicht wieder weichen wolle, was auch wirklich seine Absicht ist. Darauf nimmt er gewohnterweise und mit sichtlichem Genuß von Wichtigkeit die eingetroffenen Briefschaften vor. Zunächst ein unverschlossenes Schreiben nebst der Photographie eines Matrosen. Nanu? – Er überfliegt beides mißmutig.

Solchen dummen Schnickschnack hat sie im Hirn und vernachlässigt ihren Dienst. O diese Barbaren, diese Kalmücken! Nichts wie Dummheiten im Schädel, kein Gefühl für Freude an Tätigkeit haben sie, nur den ordinären, animalischen Trieb, Unbequemes zu fliehen oder so bald als möglich loszuwerden. Sie vegetieren, ohne Geist, ohne Verstand, ohne Höhe und Tiefe, ohne Ernst. Nur fressen, saufen und –. Der Gelehrte klingelt dringlich mit einer Glocke, deren sich – ihm fällt das jetzt sogar ein – vormals Franz Schubert bedient hat.

Eine Karte von seiner Frau. Sie grüßt ihn und erteilt einige Aufträge; er wird alles sogleich gewissenhaft erledigen und beantworten. Ihn interessiert, was sie im Auftrage Dr. Tiezes berichtet. Tiezefreund erkundigt sich, ob Knobelsdorff etwas über Architektur publiziert habe.

Keineswegs hat er das – aber man muß immerhin nachschlagen. Erneutes Klingeln schafft Agnes herbei.

Der Professor redet, ohne aufzusehen, ziemlich hastig, unsicher und undeutlich, und er beugt sich derweilen eifrig über einen assyrischen Dolch:

Ihre Nachlässigkeit gereiche zur Kulmination. Ob sie bezüglich Voltaires nicht gefälligst etwas mehr attendieren wolle?

Sie weiß nicht, was Voltaire ist.

Heiliger Himmel! Diese Person! Sie hat nichts von Voltaire gehört! »Dort! – Der da!«

Was der Generalkontrolleur auf dem Schreibtisch zu tun habe? Das Stubenmädchen kapiert die Frage nicht, aber, wahrhaftig, kein anderer würde sie in diesem Falle kapieren, denn sie ist durch Zerstreutheit völlig entstellt.

Was hat die Silhouette auf dem Schreibtisch zu tun? wollte der Professor fragen, aber da er sich nach seiner Gewohnheit, fortwährend zu ernieren und zu etymologisieren, auf dem Wege vom Gedanken zum Wort noch mit dem französischen Generalkontrolleur Etienne de Silhouette aufgehalten hat, geschah es, daß besagte Konfusion herauskam.

Die Dienerin rührt kein Glied.

Und sie möge doch gütigst ihre Privatkorrespondenzen etwas separieren. Das Gesicht streng abgewendet, überreicht ihr der Professor Photographie und Brief des Matrosen, und weil ihr zerknirschtes weinerliches Stillschweigen ihm peinlich wird, fügt er hinzu: »Holen Sie mir aus dem Musikzimmer den Band Knobelsdorff von der großen Enzyklopädie. – – Huch!« schreit er dann auf und stampft mit den Füßen. »Sie kennt keine Enzyklopädie. Gehen Sie! Sie sind ja ein – eine – huch!«

Verzweifelt mit der Zunge schnalzend, eilt der alte Herr selbst ins Musikzimmer. Ein Griff, und er hat das Gewünschte und kehrt zurück, mauert sich wieder am Schreibtisch ein und arbeitet.

Er liest und kritzelt, er hüstelt und blättert. Vom Park her wächst Sonnenglanz herauf, dringt das Gurren der wilden Tauben; und zwei spielende Falter wirbeln gegen das Fensterglas. Er spürt nichts davon. Nur einmal, mit der Äußerung: »Die Zeit ist wieder nicht aufgezogen«, erhebt er sich verdrossen, um die Uhr zu regulieren, vertieft sich aber gleich wieder am bisherigen Platz in die Lektüre eines Aufsatzes, den er tags zuvor begonnen hat.

Nach den Bewegungen von Haupt und Mund zu schließen, liest er durchweg rasch; auch spricht er dazwischen Worte oder ganze Sätze laut aus.

»Kaum – zweites Beispiel – wie der schon oft behandelte Brief des Apion an seinen Vater – Papyrusblatt – Berliner Museum – zu seiner Zeit – Ägypten – Provinz des römischen – Misenum am Golf von Neapel kommandiert – folgenden Brief, der im Original auf uns gekommen ist – Handgeld – Serenilla – Schiff Athenonike.«

Hier stutzt der Professor.

Seine Lippen verharren für lange Sekunden so, wie das Wort Athenonike sie verzogen hat, sein Lesen wird starrer; er blättert eine Seite zurück und fängt an, den zuletzt durchgenommenen Abschnitt langsam, deutlich hörbar, mit gerechter Betonung zu repetieren: »Apion seinem Vater und Herrn Epimachos herzlichen Gruß. Vor allem wünsche ich dir Gesundheit und alles Glück bei vollem Wohlbefinden, samt meiner Schwester, ihrer Tochter und meinem Bruder. Ich danke dem Serapis, dem Herrn, daß er mich sogleich errettet hat, als ich auf dem Meer in Gefahr geriet.« (Der Professor schielt flüchtig über den Tisch nach der Silhouette hin.) »Als ich in Misenum ankam, empfing ich vom Kaiser ein Handgeld von drei Goldstücken, und es geht mir gut. Ich bitte dich, mein Herr Vater, schreib mir ein Briefchen, erstens über dein

Wohlbefinden, zweitens über das meiner Geschwister, drittens, damit ich deine Hand küssen möge, denn du hast mich gut erzogen, und daraufhin hoffe ich schnell vorwärtszukommen, wenn die Götter wollen.« (Der Lesende spielt sich nervös am Bart.) »Grüße vielmals den Kapiton, meine Geschwister, die Serenilla und meine Freunde. Ich hab dir mein Bildchen durch Euktemon geschickt. Übrigens heiße ich Antonius Maximus. Ich wünsche dir Gesundheit. Schiff Athenonike.« Der Professor schiebt das Heft fort und, was er sonst nie tut, lehnt sich im Stuhl zurück. »Das schreibt Apion vom Golfe von Neapel nach Ägypten«, sagt er leise und nickt versonnen mit dem Kopfe, »vor siebzehnhundert Jahren! – Siebzehnhundert Jahren – hm –, es ist ganz dasselbe; er schickt sein Konterfei, er grüßt und erbittet Grüße, er dankt – ja, ja, es ist ganz dasselbe.« Der Gelehrte spricht jetzt nach dem Fenster zu, nach den Wolken hin. »Hm – Kreuz, Anker,

Herz –, sie liebt ihn, ihren Sohn, wie er sie; natürlich liebt sie ihn –«

Lautes Uhrläuten schwingt in des Alten Gedankengang. Es klingt so heiter, so gütig und groß. Ja, diese Eigenschaften, die er da heraushört, ist es nicht, als ob sie jetzt auf seinem Antlitz leuchteten, wie eine Verklärung? Sind nicht alle jene garstigen Fältchen und Schatten darin mit eins verschwunden, welche angewöhntes und anerzogenes Tun und Denken geformt hatten? Scheint nicht der Professor ein Verwandelter zu sein, da er aufspringt und einen ganz ungelehrten Vorsatz mit fast rührender inniger Stimme herausbringt?

»Ich will«, sagt er sich, »ihr hundert Mark schenken; die soll sie ihm senden; das wird ihn freuen. Und ich will«, fährt der wohlhabende Mann fort, »ich will mir das abknapsen, will mir dafür den Lope de Vega verbeißen. – Basta! Ich verzichte auf Dorotea.«

Energisch zieht er ein Schubfach heraus und schickt sich an, eine Banknote zu kuvertieren. Danach klingelt er leicht, später nochmals stärker. Währenddem überlegt er in zunehmender Aufregung, wie er das Geschenk möglichst anspruchslos und unauffällig anbringen könne. Jedoch ehe er noch zu einem endgültigen Entschluß gelangt, erscheint das Stubenmädchen auf der Schwelle, wo sie etwas Herkömmliches von »befehlen« und »Herr Professor« abschnurrt und mit verweinten Augen wartet.

Er geht – wie sie ihn meist antrifft – grübelnd, mit kurzen Schritten auf und ab, eine geschweifte Linie im Teppichmuster verfolgend, und in den überm Rücken verschlungenen Händen hält er ein weißes Kuvert.

»Ja, ja, Agnes«, murmelt er wie für sich selbst, »Glaube, Liebe, Hoffnung – – er hat wohl recht – das vergeht nie.«

Das Mädchen hat nicht verstanden. »Wie befehl'n, Herr 'fessor?« fragt sie klanglos.

»Wissen Sie, häm, Agnes«, entgegnet er, zerstreut, stockend, und wünscht eine jäh aufsteigende Verlegenheit hinter nervösen Gesten zu verbergen, »ich möchte dem tätowierten Apion eine kleine – Dedikation machen – häm – Sie – «

Agnes hat recht gehört, aber nicht begriffen. »Wie befehl'n, Herr 'fessor?« bringt sie schüchtern hervor.

Eine beiden fatale Pause folgt.

Huch! Dieses Blähschaf! Was befehl'n, Herr 'fessor, was befehl'n, Herr 'fessor. Hundertmal am Tage fragen sie das. Nichts wissen sie, nichts verstehen sie, rein gar nichts. Diese Hottentotten ! Diese niederträchtigen Dummköpfe! Das Vieh ist klüger. – Und warum? Weil sie nichts lernen wollen; weil sie Mühe scheuen; weil sie –

»Es ist gut! Ich brauche Sie nicht!« schreit der Professor die Dienerin an, und als sie halb gekränkt, trotzig, halb beschämt aus dem Zimmer schleicht, mauert er sich verärgert am Schreibtisch ein, verschließt die Banknote und liest bis zum Mittag ununterbrochen in Diltheys »Einbildungskraft des Dichters«. – –

Und Voltaire, der neben der Zeit steht oder, richtiger ausgedrückt, sitzt, lächelt, gedankenschwer, altersmild, überlegen – ein wenig spöttisch – ein wenig falsch.

Jemand erzählt von Illineb

Illineb hatte auf meine lange Rede hin mir schnell und kurz geantwortet: »Sie können hier bei täglich einer Mark arbeiten, schlafen und essen.« Alles übrige – ob ich Sachen habe?, dann sollte ich sie holen – bedeutete mir ein alter, mürrischer Italiener, den man Magnus nannte. Er führte mich zu dem geräumigsten der grünen Wagen, stellte mich einer schönen, bösen Dogge als »amico« vor und zeigte mir mein Bett im Hinterraum. Für den Rest des Abends sei ich dienstfrei.

Ich ging. Und kam mit dem Segeltuchköfferchen zurück, darin all mein Besitz Platz hatte, und ich packte aus, kroch fröstelnd zwischen Strohsack und Pferdedecke.

Ich redete mir zu, nun dankbar und glücklich zu sein, weil ich nach langer Hungerzeit eine feste Anstellung gefunden hatte, noch dazu eine, die mit viel Romantik verknüpft war; während der langen Stunden, die ich wach lag, drangen Zirkusmusik, Löwengebrüll und fernes Massenhändeklatschen an mein Ohr. Aber ich fühlte mich unglücklich. Mir bangte vor dem Zusammenleben mit dem unfreundlichen Magnus und dem eisigen Illineb. Es war nicht das erstemal, daß ich eine neue Stellung und einen ganz neuen Beruf angetreten hatte. Ich erinnerte mich nun, wie mich jedesmal das Fremde an der Situation und an den Menschen zunächst traurig und einsam gestimmt hatte.

Einträumend nahm ich mir noch vor, mich morgen tapfer und blind anständig meinen Pflichten zu widmen. – Einmal halb erwachend, sah ich den Italiener hereintorkeln und sich entkleiden an einem Bett, das dem meinen gegenüberstand. Und später schreckte ich einmal auf und bemerkte Illineb. Er schloß die Tür hinter sich ab, löschte die Kerzen, die Magnus hatte brennen lassen, und verschwand mit leisen, aber festen Schritten im vorderen Abteil des Wagens.

In aller Frühe von einem blöde grinsenden Nachtwächter geweckt, zog ich mich eiligst an. Magnus gab mir, zunächst von seinem Lager aus, Instruktionen in brummigen, kargen Sätzen. Draußen war ein sonniger Tag.

Ich mußte zwischen den Wagen und Zelten Feuer unter einem sonderbar gestalteten Kessel anlegen, mußte putzen, fegen, holen und fortbringen. Dabei gab ich mir Mühe. Wenn mein Chef, der auch schon von früh an geschäftig herumlief, an mir vorbeikam, gab ich mir doppelte Mühe, denn mir lag an seiner Gunst. Es schien aber, als ignorierte er mich völlig. Allerdings richtete er auch an Magnus und an Matilden nur höchst selten kurze, notwendige Worte, und dann in demselben gefühllosen Ton, mit dem er mich engagiert hatte.

Ich bekam gut und reichlich zu essen. In der Frühstückszeit sah ich mir auch die Löwen in dem Gitterwagen an – unsere Löwen. Es waren ihrer fünf, und ein sechster, sehr magerer, befand sich in einem Einzelkäfig. Diesen Käfig mußten Magnus und ich im Laufe des Tages immer wieder so verrücken, daß die Sonne voll hineinschien.

Als ich in der Mittagspause mich zwischen den Buden und Karussells herumgetrieben und einen Schnaps in einem Keller getrunken hatte, wo die Schausteller und ihre Leute laut vergnügt zusammenkamen, war mir schon ziemlich freier zumut. Ich versuchte während des Nachmittagsdienstes ein Gespräch mit Magnus anzuknüpfen; er ging indessen nicht darauf ein, außerdem war er etwas angetrunken und daraufhin noch mürrischer als zuvor. Um fünf Uhr brachte Matilde jedem von uns einen Topf voller Kaffee und ein großes Butterbrot, »das Brett«, wie Magnus es nannte.

Als ich das, auf der Kokskiste sitzend, mit der Wonne eines pausierenden Arbeitsmannes genoß, stand Illineb gerade vor dem Einzelkäfig. Er sprach leise auf den Löwen ein. »Prinz! Armer alter Prinz!« hörte ich ihn sagen und zu meiner Überraschung mit einer ungemein weichen, gütigen Stimme. Ich trat kauend hinzu und erfreute mich daran, wie er geschickt ein Stück Fleisch mit weißen Kapseln spickte und es dem Löwen furchtlos durch die Stäbe reichte.

Ich wollte ihm etwas Angenehmes sagen. »Ein stattlicher Bursche!« sagte ich, den Löwen betrachtend.

Illineb drehte sich scharf um. Und versetzte mir einen Schlag. Einen Schlag mit der Faust ins Gesicht, daß ich hinfiel. Sekundenlang wußte ich nicht, was ich tun sollte.

Dann erhob ich mich, sammelte schweigend die Topfscherben auf und begab mich an meine Arbeit. In einer fahrbaren Tonne Wasser von der entlegenen Pumpe holen. Aber nun hatte ich einen tiefen, bebenden Haß gegen diesen rohen, ungebildeten Tierbändiger. Dazu schämte ich mich vor Magnus, der Zeuge gewesen war. Obwohl er es nie erwähnte.

Ich brauchte mich nicht von den anderen zurückzuziehen. Es gab dort außerdienstlich keine Kameradschaft. Magnus besoff sich in der Freizeit mit dem Ausrufer der Zwergenschau, die Frauenzimmer, die im Küchenwagen wohnten, zankten sich weit hörbar untereinander, und für den Herrn Dompteur waren wir alle jederzeit Luft oder Maschinenteile.

Gelegentlich rief mich Matilde, die uns das Essen kochte und zutrug, in den Weiberwagen. Ich mußte meine Perso-

nalien in einen polizeilichen Fragebogen eintragen. Als ich in die Rubrik »Beruf« zögernd »Student« schrieb, lachte Matilde plump auf, aber sie ward daraufhin vorübergehend gesprächig. Ich hatte aus der Spalte Illineb nur – und auch nur zufällig gelesen, daß er ledig sei. Matilde erzählte mir nun, daß er aus Georgina stammte. Daß sein Vater, auch ein Dompteur, an einem Löwenbiß gestorben und daß seine Großmutter von einem Walfisch gefressen sei. Und

Prinz wäre krank. Und der Alte hinge just an diesem Vieh besonders. Und Prinz verstünde die indische Sprache. Ich glaube, ich glaubte damals Matilden alles.

Das blieb aber der einzige Fall, daß eine von den Frauen einmal mit mir plauderte. Bald ward mir das Leben dort ein graues Einerlei. Darin gab es täglich nur eine einzige interessante, allerdings höchst aufregende Viertelstunde. Um zehn Uhr abends, wenn der Deutschmeistermarsch zu uns herüberklang, wurden die Falltüren geöffnet. Zunächst trug Pinguina das Löwenbaby eigenhändig in die Manege. Es war eigentlich schon viel zu groß und zu schwer für die zierliche Person, weshalb Pinguina drinnen immer mit Heiterkeit empfangen wurde. Nun galt es, die großen Tiere durch einen vergitterten Gang vom Wagen ins Zelt zu treiben. Im Gang stand dann mit gewichstem Schnurrbart und gewichsten Stiefeln der schlanke Illineb in einer Husarenuniform und hielt in der Linken einen eisernen Rechen und eine Nilpferdpeitsche und in der Rechten einen Revolver. So ließ er seine gebändigten Tiere der Wüste passieren. Erst kamen die drei Löwinnen. Sie liefen, vom plötzlichen Licht und von der Musik verwirrt, vielleicht auch von gewohnheitsmäßigen Ängsten und Ahnungen eingeschüchtert, nach kurzem Abirren schnell vorbei. Dann näherte sich King, der mächtige, bösartige Löwe. Der schlich ganz langsam – jeder Schritt gezwungen – mit gesenktem Kopf heraus. Und vor Illineb stockte er und blickte höchstes Mißtrauen und brüllte drohend.

Zu dieser Szene versammelten sich jedesmal viele Leute, die den verbotenen Zutritt riskieren konnten; der Koch vom Bierzelt, die Wahrsagerin, der Luftballonmann, sämtliche Damen der Schießbude. Sie stellten sich regelmäßig ein und erwarteten den Kampf. Ich meine: sie alle – oder wir Zuschauer alle – wünschten insgeheim, daß nun etwas Entsetzliches geschehen, und gleichzeitig, daß nichts Trauriges geschehen möchte.

Illineb verlor bei dem Vorgang, der weit spannender war als die Vorstellung im Zirkus, niemals die Ruhe. Wenn King stehenblieb, rief ihm der Chef nichts zu als »Nun?« oder »Nun!«. Doch er konnte es in den verschiedensten Nuancen rufen, aufmunternd, streng, zornig, warnend, ganz langgedehnt –. Und wenn King plötzlich zähnefletschend und stoßweise, heiser aufbrüllend seinen Kopf herumriß, dann hielt lllineb zur Abwehr den Rechen vor und schoß gleichzeitig aus dem Revolver Blitz und Knall ohne Kugel in die funkelnden Augen. Und King blinzelte nicht, aber er brüllte noch feindseliger und schlug mit seiner Pratze mächtige tückische Seitenschläge in die Luft und gegen den Rechen. Illinebs »Nun« schwoll wie ein Sirenenheulen an. Er schlug mit der Nilpferdpeitsche dem Tier kräftig und, wie es schien, rücksichtslos über Schnauze und Augen. Oft kämpften sie lange so. Schließlich, wutschnaubend, wich King dann doch. Aber im Zelteingang blickte er noch einmal zurück nach seinem Meister, und sein Blick trug einen furchtbaren Haß. Wie ich ihn hatte.

Mehr oder weniger dramatisch fand dieses Duell täglich statt. Vielleicht sah es schlimmer aus, als es war. Es schien mir sogar nicht unmöglich, daß das Ganze sozusagen ein gewolltes Scheinmanöver war, um King in Aufregung zu bringen und dem Publikum eine besonders gereizte und gefährliche Bestie vorzuführen. Ich gewöhnte mich mehr und mehr an dieses Schauspiel.

Eines Abends, da ich mir gerade mit dem Feuer am Wasserkessel zu schaffen machte, ließ mich das Kampfgebrüll wieder aufschauen. Und da gewahrte ich, daß King sich zum Sprung duckte, und sah, daß Illineb die Hände nach uns Zuschauenden streckte, sah, daß er weder Rechen noch Peitsche, sondern nur den Revolver bei sich hatte. Es war ein atemloser Moment. Wir schrien alle auf.

Das Folgende vollzog sich viel schneller, als es zu erzählen ist. Der Löwe sprang. Illineb schoß. Mitten im Sprunge änderte der Löwe noch mit einem Ruck seine Richtung, aber er riß den seinerseits ausweichenden lllineb doch mit zu Boden. Und aus einem Arm Illinebs war ein Fetzen Ärmel und Fleisch herausgerissen, und Blut floß. Und King bäumte sich neu und sprang mit beiden Vordertatzen wuchtig auf die Brust seines Herrn. In diesem Augenblick war sein Hinterteil ans Gitter gepreßt. Da stieß ich blitzschnell die Schaufel ins Feuer und schmiß Glut und Flammen dem Löwen zwischen die Hinterbeine. Daß er mit einem Wehgeheul zur Seite sprang.

Und wieder geschah das nächste im Nu – war Illineb emporgeschnellt, hatte Magnus ihm Rechen und Peitsche zugestoßen, streckte Matilde einen Revolver durchs Gitter, der Blitz, Knall und Kugeln bereithielt. Es war nicht mehr nötig. Der Löwe war, von Schmerzen gepeinigt, ins Zelt gerast.

Der Chef wurde ins Bett getragen, die Vorstellung abgesagt, ein Arzt gerufen.

Fünf Tage lang fiel die Hauptattraktion im Zirkus aus. So lange durfte außer Matilden niemand die Stube des Chefs betreten. Er tat mir natürlicherweise und trotz meines Hasses leid, auch konnte ich nicht umhin, seine Bravour zu bewundern. Magnus soff mehr als sonst. Doch er

und die Frauen erledigten die Geschäfte gewissenhaft und wie selbstverständlich. Aber untereinander oder mit mir sprachen sie keine Silbe über das Vorgefallene. So standen sie im Banne der Verschlossenheit ihres Brotherrn.

Am sechsten Tage kam dieser wieder zum Vorschein. Ich war dabei, eine Verankerung des Zeltes anzuspannen.

Da trat er, den rechten Arm in der Binde, aus dem Wagen, und – ich bemerkte es seitwärts schielend – er ging forsch, geradewegs auf mich zu. Ich fürchtete mich vor diesem längst ausgedachten Augenblick. Ich hätte meinem, wie mir's vorkam, schon allzu hart gestraften Feinde so gern die Demütigung erspart, mir danken zu müssen.

Illineb stand vor mir, und – – er gab mir einen Schlag. Mit der linken Faust einen Schlag in die Fresse. Wie damals. Und entfernte sich.

Ich spürte keinen Schmerz vor Verblüffung und Betrübnis. Und ich nahm auch diesen Schlag schweigend hin. Aber – sonderbar: Seitdem verehrte ich Illineb, trotzdem er fortan und bis zuletzt unverändert kalt blieb und mich und uns übersah.

Ja, ich fing an, ihn zu lieben. Ganz im stillen. Ich arbeitete noch eifriger als früher, aber wenn ich seine Schritte vernahm, versteckte ich mich möglichst. Und doch behielt ich ihn, wo es anging, im Auge.

Ich liebte ihn hündisch. Ich folgte ihm so weit, daß ich ihn aus Entfernung beobachten und belauschen konnte. Wenn er die Fleischstücke spießte und in die Käfige reichte, unter lieben Koseworten in verschiedenen, manchmal mir unbekannten Sprachen. Wenn er rührend zärtlich und lange Prinzens Nase streichelte. Ich schlich ihm sogar in der Freizeit heimlich nach, wenn er die anderen Tiere, unsere Dogge, die Pferde der Kunstreiter, den Esel des Clowns oder die Eisbären in der russischen Bude aufsuchte und zu denen, sofern er sich von Menschen unbeobachtet fühlte, genauso redete wie zu seinen Löwen.

Auch diese Löwen gewann ich lieb. Einmal stand ich

eine Stunde lang allein und ergriffen vor dem kranken Prinz in der Sonne. Er trabte in dem engen Käfig die drei Schritte hin und die drei Schritte her unaufhörlich auf und ab, mit Schnauze und Fell das Gitter streifend, so daß er mehrere abgewetzte Stellen hatte. Und nie gelang es mir, seinen Blick zu fangen, ihm in die Augen zu sehen. Er blickte über mich, über alle Zuschauer – ich weiß: auch über Illineb – hinweg. Wie Illineb über uns Mitmenschen hinwegsah.

Cooper erzählt von einem gefangenen Indianer, der keine Nahrung annahm und nichts sprach, sondern nur so blickte: immer in einer bestimmten Richtung, an seinen Feinden, den Puritanern vorbei oder über sie hinweg, wie in eine nur ihm vertraute, einzige Ferne.

Als Prinz eines Morgens nicht mehr imstande war, auf seinen Füßen zu stehen, ließ Illineb, ungern nachgebend, den Tierarzt holen.

Ich verfolgte von weitem die Unterhaltung und fing einige Worte des Veterinärs auf, wie »Operation« – »Fesselung« – »Narkotikum«. Darauf antwortete Illineb plötzlich sehr laut in einer mir und zweifellos auch dem Tierarzt unverständlichen Sprache, und er gab dem Tierarzt Geld und entließ ihn unhöflich.

In der Nacht zu diesem Tage konnte ich wieder einmal nicht einschlafen. Ich erwog einen Plan. Ich wollte Illineb meine Liebe und Verehrung gestehen. Ganz einfach und ehrlich, ohne mich meiner gebildeteren Ausdrucksweise zu schämen. Ich wollte um sein Vertrauen und um seine Freundschaft bitten.

Noch zur Dunkelzeit hörte ich ihn sein Zimmer verlassen, unseren Raum durchschreiten und die Tür von außen abschließen. Das verwunderte mich. Er ging sonst nie nachts aus. Wollte er wohl einmal mit Kollegen oder mit Freunden zechen? – – Ob er einen Freund hatte? – – Ob es ein Mädchen gab, das er liebte? – – Über solchem Nachdenken schlief ich allmählich ein.

Morgens gab es einen Krach. Es stimmte etwas nicht. Magnus mußte die Wagentür gewaltsam aufbrechen. Illineb wurde tot und gräßlich zerrissen und zerbissen in Prinzens Käfig aufgefunden. Ein Rasiermesser und eine Nagelschere lagen neben der Leiche. Prinz hatte eine merkwürdige rechtwinklige Schnittwunde an der linken Hüfte.

Die Löwentruppe Illineb wurde zwei Tage später aufgelöst, und die Löwen wurden verkauft. Prinz war gesundet.

Das schlagende Wetter

Alle Welt kennt E. T. A. Hoffmanns Leben, schätzt seine Werke. Niemand weiß, daß zwei uneheliche Söhne des Dichters die Hamburger Bergakademie besuchten. Wer vermöchte heute anzugeben, wo das angeblich in einer italienischen Schublade gefundene Schriftstück des fragwürdigen Norwegers Tenkjörd geblieben ist? Ob jemand wagen wird, die folgende Darstellung zu widerlegen?

Bei allem Fleiß und größter Begabung fühlten die Brüder Reinhard und Wolfgang sich doch auf der Bergakademie nicht recht wohl. Von dem theoretischen Wust angewidert, verließen sie die Anstalt, um sich dem praktischen Teil ihres Berufes und innerhalb desselben wieder der phantastischen Seite zuzuwenden. Sie gingen aufs Bohren aus, wollten Kali, Wasser und alles mögliche bohren.

Unbemittelt, nicht im Stande, sich ein Bohrwerk anzulegen, zogen sie zunächst mit zwei Wünschelruten und langen Handbohrern versehen durch Hamburg. Sie waren viel zu klug, zu weitblickend, um den Mut zu verlieren, als die Wünschelruten lange Zeit weder in Wolfgangs noch in Reinhards Händen reagieren wollten. Als aber, da die Brüder eines Tages gerade den Jungfernstieg an der Alster querten, beide Wünschelruten mit eins ausschlugen, setzten die Brüder auf der Stelle ihre Bohrer an und drehten fieberhaft, ohne sich um die Einsprüche der Polizisten, Kutscher und anderer Verkehrs- und Geistesgestörter zu kümmern. Nachdem sie die erste Gasleitung unterm Asphalt zerstört hatten, gelang es, die Brüder zu überwältigen und ins Gefängnis zu bringen. Wo sie zwei Jahre verbüßten.

Ihre Entlassung fiel zeitlich gerade in eine ebenso Aufsehen erregende wie nützliche Reklameveranstaltung, in die sogenannte »Hamburger Höflichkeitswoche«, auf die eine dortige Kaffeefirma nach dem späteren Beispiele eines Berliner Verlages verfallen war. Acht Tage lang durchstreiften nämlich Angestellte jener Firma unauffällig beobachtend die Straßen und Plätze, und wenn sie auf besonders höfliche öffentliche Handlungen oder Gespräche stießen, so traten sie auf den Höflichsten unter den Höflichen zu und sagten, ihm einen kuvertierten Tausendmarkschein überreichend: »Da, mein Junge, nimm das Geld und merke dir: Hoppenstiels Kaffee ist der beste!« In jener Woche war allenthalben in Hamburg zu beobachten, wie die Leute auf einmal sich an Höflichkeit zu überbieten suchten.

Damals also verließen die beiden Hoffmanns die Strafanstalt und bestiegen, obwohl sie keinen Pfennig Geld besaßen, teils dreist, teils ahnungslos eine Straßenbahn. Eine Strecke weit wußten sie sich durch geschickten Platzwechsel dem Kondukteur zu entziehen. Als dieser sie aber schließlich doch mit der anständigen Frage stellte: »Belieben die Herren vielleicht ein Billet zu erwerben?«, zog Reinhard seinen Entlassungsschein hervor, tat sehr erschrocken und rief mit geheucheltem Bedauern: »Ach, verflucht noch mal, wie fatal! Ich dachte, das sei ein Tausendmarkschein, und nun habe ich kein Geld bei mir.«

Unverzüglich erhob sich da der nächste Fahrgast und sagte: »Mm – hh – tp ist mein Name; dürfte ich Ihnen vielleicht mit einem Tausendmarkschein unter die Arme greifen?«

Wolfgang Hoffmann überkam etwas wie Ahnung von verwandelter Menschheit. »Sie wollen uns borgen?« sagte er und wurde rot, weil er unwillkürlich den Schein schon ergriffen hatte.

»Borgen?« erwiderte der Fremde errötend. »Ich bin sehr beschämt, daß die voreilige Ausdrucksweise meiner ergebensten Absicht eine Mißdeutung – «

»Sosehr es mir zur Ehre gereichen würde«, fiel der Schaffner ein, »dem Herrn Reichsgrafen einen Tausender zu wechseln, so fehlt es mir doch leider – «

»Vergeben Sie mir«, stammelte emporschnellend ein anderer Fahrgast, »wenn ich so frei bin, die Kleinigkeit des Fahrpreises in stimmender Münze – «

Dieses Höflichkeitsgeflecht wurde quer durchschnitten, indem die Brüder Hoffmann plötzlich mit dem Tausendmarkschein das Weite suchten.

Über die Frage, wie der geschenkte Raub zu teilen sei, gerieten Wolfgang und Reinhard in Streit. Weil sie an Mut, Wut und Stärke einander nichts nachgaben, so teilten sie letztlich das Geld und ihre Brüderlichkeit durch 2 und gingen feindselig auseinander. Reinhard verscholl. Denn niemand wußte darum, daß er sich und seine 500 Mark bis China durchgebracht hatte. Wolfgang aber pachtete für sein Geld eine städtische Bedürfnisanstalt an der Alster.

Vier Zellen hatte dieses primitive Etablissement. Davon florierten drei sehr ersprießlich zum Ärger des Pächters, während die vierte zum Ärger des Publikums dauernd verschlossen blieb. Sie sei von einem Chronischen besetzt, erklärte Wolfgang auf Befragen. In Wirklichkeit benutzte er jede freie Minute zwischen Aufschließen und Adieu-Sagen beziehungsweise Einkassieren, um in jener geheimnisvollen Zelle emsig Bohrversuche anzustellen.

Bald entdeckte er zu seiner Freude, daß er auf eine Wasserader gestoßen war. Gleichzeitig versagte in den Nebenstellen die Wasserspülung, aber Wolfgang beachtete das nicht weiter, sondern gab dem neuentdeckten Strahle eine Rohrbettung, die er zunächst verschloß, um sie später einmal wirtschaftlich und pekuniär auszubeuten. Inzwischen entzog er die zweite Zelle der öffentlichen Nutznießung und bohrte dort weiter. Mit seiner ingeniösen Begabung und mit dem reichlichen Gewinn, den die beiden anderen Zellen noch abwarfen, konnte er seine Bohrwerkzeuge aufs Trefflichste vervollkommnen.

Abermals ward er fündig. Petroleum. Rohrleitung zugestopft. Ausnützung auf später verschoben.

Während das Publikum vor der vierten, noch einzig aussichtsvollen Zelle in langer wartender Schlange anstand, bohrte Wolfgang in der dritten. Und er wurde dort – wenigstens moralisch – der Entdecker einer heißen Mineralquelle. Nicht juridisch, weil, als ihn seine Bedürfnisanstaltspflicht im entscheidenden Moment abrief, ihm zwei andere, harmlose Augen zeitlich zuvorkamen. Übrigens hatte Wolfgang nahezu das gleiche Interesse daran, diese heiße Quelle und die Kenntnis davon wieder zu verschütten, wie jener harmlose Senator, der in so mysteriöser Weise hinterrücks angebrüht worden war.

Aber, wie das so geht, etwas sickerte doch durch. Die Anstalt blieb – öffentlich hieß es wegen Reparatur – vier Wochen lang geschlossen.

Wolfgang nutzte diese Zeit aus und bohrte und bohrte in der vierten Zelle. Bohrte und nahm immer längere Bohrstangen, verlängerte diese, fügte einen Ansatz nach dem anderen an die Verlängerungen, bohrte Tag und Nacht. War sich, nach dem Maße der Schnelligkeit, womit er tiefer drang, jederzeit darüber klar, welches Gestein oder welche Erdschicht er gerade durchbohrte. Bohrte unermüdlich, zuversichtlich, denn er wußte, daß das von ihm und seinem Bruder gemeinsam erfundene Material des Bohrers auch das härteste Gestein, ja selbst Stahl überwinden würde.

Dennoch stieß er eines Tages nicht nur auf Widerstand, sondern sogar auf Gegendruck. Er erbleichte für einen Moment. Dann hatte er's.

»Mein Bruder! – Das Luder!« rief er aus, ohne etwa in dieser haßerfüllten Stunde reimen zu wollen; er riß den Bohrer heraus und näherte ein Fernrohr und sein Auge der Öffnung.

Wahrhaftig! Sein Bruder! Sein Bruder hatte von einer Gegenseite der Erdkugel aus ebenfalls gebohrt, und die beiden Richtungen begegneten sich zufällig in ein und derselben Linie.

Deutlich erkannte Wolfgang durch den etwa fünf Zentimeter breiten Bohrgang das giftige blutunterlaufene Auge des Bruders.

»Schwein!« schrie er berstend vor Wut in die Öffnung hinein.

»Rindsvieh!« kam es als Antwort zurück.

Einen Tag lang beschimpften die Brüder sich wechselweise, dann versuchte jeder den anderen anzuspukken. Beide Spucken kamen niemals an. Dann versöhnten sich Wolfgang und Reinhard und riefen einander herzliche Grüße, Geburtstagswünsche und Neujahrsworte zu. Darauf kamen sie auf sachliche, demzufolge auf geschäftliche Gespräche. Dann rohrpusteten sie sich gegenseitig

Schmuggelwaren zu: Opium gegen Bayerische Malzbonbons. Schließlich tauschten sie politische und börsianische Berichterstattungen aus und wurden – der eine in China, der andere in Hamburg – innerhalb von fünf Tagen als Propheten so reich und angesehen, daß jeder von ihnen den anderen, also den Mitwisser des Bohrlochgeheimnisses, aus der Welt wünschte, um sich dann unbesorgt zur Ruhe setzen zu können.

»»Hallo!«« Beide Brüder riefen sich in demselben Moment den verabredeten Anruf zu. Beide Brüder setzten im nächsten Moment eine Pistole an die Öffnung und schossen los; legten sodann ein Auge an, um die Wirkung ihres Schusses zu genießen.

Im Erdinnern platzten die beiden losgefeuerten, mit Aufschlagzündern versehenen Geschosse aufeinander, an einer Stelle, wo sich Gase angesammelt hatten. Das schlagende Wetter fand nur zwei schmale, etwa fünf Zentimeter breite Ausgänge, die es mit Stichflammenkraft benützte.

In einem chinesischen Tempel und in einer Hamburger Bedürfnisanstalt wurde gleichzeitig je ein verkohlter Nachkomme E. T. A. Hoffmanns gefunden.

Nervosipopel

Mitschüler erzählten als Witz, seine Mutter sei Leichenbändigerin und seine Großmutter Löwenfrau gewesen. Es war etwas daran, aber der Fall lag doch anders. Indessen nahm Feix Daddeldu dergleichen Nachreden nicht übel. Er lachte dazu. Seine Gutmütigkeit lag nicht immer so offen, ward daher auch von vielen Leuten angestritten. Von dem Lehrer, dem Feix eine Stunde lang auf alle Fragen mit »Wie?« antwortete. Vom eigenen Vater, wenn dieser sein Pfeifenrohr mit Wachs verstopft fand, und sogar von der Mutter, wenn Feix durchaus nicht zu bewegen war, das Kippen mit dem Stuhl einzustellen. Diese eigensinnige Beharrlichkeit war das Häßlichste daran. Machte Feix seinen Bruder, dem das Rechnen sowieso von Natur aus schwerfiel, beim Addieren durch lautes, unrichtiges Mitzählen konfus, dann verdrosch Kuttel schließlich den Feix. Aber nachher fuhr dieser fort, laut, unrichtig mitzuzählen: »14 – 15 – 16 – 18 – 20.« Und ließ sich widerstandslos abermals verdreschen und zählte weiter, und das hätte sich – was an ihm lag – lebenslang so fortsetzen können. Lag aber nicht, setzte aber nicht.

Jedoch das Allerärgerlichste war das Lachen. Wie Feix zu dem, was er im Grunde genommen gar nicht tat, lachte. So gemein! Gemein konnte man eigentlich nicht sagen, Feix lachte ja die anderen nicht aus, nicht einmal an. Sondern er lachte einfach gleichmäßig heraus oder vielmehr in sich hinein, nicht boshaft, nicht schadenfroh, nicht höhnisch, aber so – so – so dumm! Obwohl er vermutlich gar nicht dumm war. Man wußte das zwar nicht. Er hielt in der Schule Schritt, drängte sich nicht vor, sondern war schweigsam, widersprach nie, fand sich in alles. Es war ihm überhaupt nichts Bedeutsames vorzuwerfen. Weil seine liebevollen Eltern keinen Haken entdeckten, um ihn zu bestrafen, er aber doch nach ihrer Meinung irgendwie was Queres hatte, so versagten sie ihm seinen einzigsten Wunsch, Seemann zu werden, und schickten ihn in die Stadt zu einem Drogisten in die Lehre. Feix arbeitete normal fleißig bei dem kleinen nervösen Drogisten und wohnte und speiste mittelmäßig in der Fremdenpension der geschäftigen, vielseitigen, nur etwas leicht erregbaren Drogistenfrau. Herr Bulverin, so hieß der Drogist, wußte nur Gutes an die alten Daddeldus zu berichten. Leider wurde er von Tag zu Tag nervöser. Die Tür zum Privatkontor und das Fenster standen immer wieder offen, und der Zugwind wehte die Rezepte und sonstige Papiere durcheinander. Im Laden standen die gleichartigen Flaschen, Phiolen und Dosen nicht mehr parallel, sondern schief zueinander. Die abends mit Bulverinschem Patentöl geschmierten Türangeln waren morgens verrostet und quietschten.

Auch die Erregbarkeit der Madame Bulverin nahm zu. Die bedauernswerte Dame verbrachte schlaflose Nächte. Weil die Wasserleitung tropfte, tupf, tapf, tupf, tapf. Irgendwas – sicherlich eine Maus – nagte. Wo? – Woran? – Woher? Die Feldherrnbilder hingen schief. Etwas klappte von Zeit zu Zeit.

Erst nach sechs Monaten fingen die Eheleute Bulverin an zu ahnen. Wie Bulverins Patentöl in Blechkännchen zu Wasser wird. Seit wann die Pensionstische auf angesägten Beinen hinkten.

Da nichts nachzuweisen war und kein Entlassungsgrund vorlag, sondern aus anderen nebensächlichen Ursachen machte die Drogerie plötzlich Pleite, und Feixen blieb nichts übrig, als ohne Geld, aber mit viel bestem Zeugnis nach Hause geschickt zu werden.

Solche Leute wie Frau Daddeldu halten nichts von Zeugnissen und sehen auch nicht auf Geld. Aber in dem Nach-Hause-geschickt-werden fand die redliche Frau einen Fliegendreck. Und es mußte wohl auch im Benehmen ihres Sohnes mancher Fliegendreck oder wenigstens einer gefunden sein. Sie spürte dem vier Wochen lang nach, ohne recht dahinterzukommen. Aber man schmettert nicht Türen zu, als gälte es, Büffel zu köpfen. Und als Feix wieder – nun schon zum elften Male – die Lampe so auf den Tisch gestellt hatte, daß ihre eine Hälfte über den Tisch hinausragte, wurde es Beschluß, daß Feix sich erst einmal als Seemann ein bißchen Lebensernst zusammensegeln sollte.

Er war kein so tüchtiger und beliebter Seemann wie Kuttel, aber auch kein so leichtsinniger Abenteurer wie sein anderer, sein verschollener Bruder. Sondern genügte seinen Pflichten mit Durchschnittsleistungen. Seine Kameraden und Vorgesetzten hatten ihn im Grunde genommen gern, war doch sozusagen nichts gegen ihn einzuwenden. Aber seine Ruhe war keine Ruhe mehr. Nicht etwa Faulheit. Aber er machte die ältesten Jahnmaate, diese wetterharten, bedächtigen Bärenkerle, er machte sie kribbelig; und als ihm der sechzigjährige Segelmacher im Stillen Ozean mit dem Fuchsschwanz einen Mastsplitter aus dem After sägte und Feix während dieser Notoperation das gelehrte Buch des Kapitäns studierte (es war ein Reiseführer durch Dießen am Ammersee) und dabei unaufhörlich dermaßen lachte, daß der Segelmacher ein Jucken in die Hand bekam, wobei die Säge abbrach, darüber der erschrockene Segelmacher plötzlich tot war; da hatte sich Feix alle Sympathien an Bord verscherzt. Niemand bemitleidete ihn etwa, weil er fortan mit einem Splitter und einem Stück Säge im After sich durchs Leben schlagen mußte.

Später trieb er sich in tropischen Ländern herum. Jahre waren vergangen, seitdem er seine Mutter verlassen hatte, und nie bekam diese ein Lebenszeichen von ihm. Dennoch wartete sie vertrauend und tapfer auf seine Rückkehr und rühmte ihren Feix und seinen besonders guten Charakter, bis Feix nach fünf Jahren plötzlich überraschend heimkam; dann nicht mehr, im Gegenteil.

Was hatte er wohl alles erlebt? Er sprach nicht darüber. Was hatte er wohl seinen Angehörigen aus dem Auslande mitgebracht? Er stellte es auf den Tisch: eine große quadratische Pappschachtel und darin: ein Moskito.

Seine Angehörigen lachten durchaus nicht. Das war doch kein Witz.

»Es ist dressiert«, sagte Feix erklärend. Aber das machte gar keinen Eindruck. Nur Paula riß den Mund auf. Feix sprach etwas zu dem Moskito in einer fremden Sprache, nicht Englisch. Sofort schoß das Insekt wie ein Pfeil in

Paulas Mund. Paula spie es hustend wieder aus. Feix trocknete es mit Löschpapier. Dann gab es wieder ausländische Befehle. Das Moskito fing an, scharf summend und in schönen Brezelkurven um die Lampe herumzusausen. Frau Daddeldu schlug mit dem Besen nach dem Tiere. Feix sperrte es vorsichtig wieder in die Pappschachtel. Die Angehörigen lasen die Lampensplitter vom Boden auf.

Feix wurde zu einem Pfarrer in die Stadt geschickt, um vier Wochen lang Anfangsgründe zu studieren. Er fuhr im D-Zug in der zweiten Klasse mit sechs sehr unterschiedlichen, aber durchwegs hochintelligenten Leuten zusammen, die ihn unterwegs unruhig und unbehaglich anschielten. Weil bei dem was nicht stimmte. Es war den Sechsen so, als habe sich über sie eine Gewitterwolke gelegt. Während der neu Hinzugekommene, dieser dauernd und lächelnd die Lippen bewegende Arbeitsmann mit seinem Köfferchen und der Riesenschachtel allein in Sonne gehüllt schien. Der erste Mitreisende nieste 42mal, der zweite juckte sich, der dritte blinzelte, der vierte suchte nach Ursachen, der fünfte schlug um sich. Der sechste aber schlief; er war syphiliskrank.

Feix saß, abgesehen von seinem ausländischen Murmeln, unbeweglich da. Und doch war er der Dirigierende. Er arbeitete Hand in Hand mit seinem Moskito. Wie ihn die Inder gelehrt. »Nimm Krankheit!« befahl er dem Tier. »Übertrage sie!«

Der Zug lief ein. Hinter Feixen verließen auch die übrigen Passagiere den Wagen, der Herr, der geschlafen hatte, verließ ihn geheilt, die fünf andern syphiliskrank. – –

Schon am folgenden Sonntage erschien der Pfarrer aus der Stadt bei Frau Daddeldu. Er war verbunden und total zerstochen. Hinter ihm stand Feix mit Köfferchen und Pappschachtel.

Frau Daddeldu hatte nie Feen mißbraucht. Zum ersten Male in ihrem Leben wanderte sie nach dem Hünengrab und kratzte dreimal mit dem Hufeisen unter die Distel. Die Fee erschien, vernahm die Klage und verschwand.

Als Feix anderen Morgens erwachte und den Pappkasten öffnete, um seinem Moskito guten Morgen zu wünschen, kam statt des Insektes ein Elefant heraus. Feix lachte mächtig. Da verwandelte sich der Elefant in ein schnappendes

Krokodil. Feix hielt dem Krokodil mit der Linken das Maul zu, kitzelte es mit der Rechten und lachte. Nun entglitt ihm das Kroko und nahm ätherische Feengestalt an. Feix schnalzte mit der Zunge und lächelte.

»Lächle nicht!« sagte die Fee ernst. »Vom höchsten Glück bis zum tiefsten Unglück ist nur ein knapper Schritt. Gesundheit soll dereinst abgerechnet werden, denn sie ist geliehene Begabung, andern zu helfen.«

Feix schnalzte mit der Zunge.

»Schnalze nicht!« verwies ihn die Fee. »Es kann ein lästernder Töter gütig sein, und es kann ein schlafender Unterlasser ewige Mordschuld auf sich laden.«

Feix feixte. Die Fee wechselte ihre Beinstellung, dann rollte sie plötzlich ihre Augen feurig und sagte mit hohler Stimme: »Bebinissi kolabia ivustalinski!«

Feix feixte und schnalzte.

»Du!« rief die Fee drohend. »Du weißt nicht, wer ich bin.«

»Doch« – erwiderte Feix –, »ein rechter Nervosipopel!« Die Fee verschwand.

Von allen aufgegeben und gemieden, begann Feix nun einen liederlichen Lebenswandel. Sein Stammlokal wurde das Café Nashorn, wo Dirnen verkehrten.

Frau Daddeldu kratzte noch dreimal unter die Distel. Die Fee zuckte nervös mit den Achseln und verschwand. Aber heimlich verwandelte sie sich in eine Kokotte.

Feix verguckte sich. Seine Mutter gab sonderbarerweise immer aufs neue Geld heraus. Feix hielt die Kokotte aus. Die Kokotte ward schwanger. Feix heiratete sie trotz stärksten elterlichen Protestes. Das war sehr anständig von ihm.

Lepopisov Ren, so nannte sich die Braut, stammte aus der Gegend von Rußland, bezog mit Feixen ein bescheidenes Zimmer und darin ein Wochenbett. Feix pflegte sie, aufmerksam, ordentlich, beharrlich, treu, rührend. Es klingelte; Feix schnitt die Drähte durch. Es klopfte; Feix rief ärgerlich: »Pst! Pst! Sie schläft.«

Drei Monate vergingen. Feix brachte seiner Frau Erdbeeren, Schokolade oder die neueste Art von Bouillonwürfeln ans Bett, zog sich schon im Korridor die Stiefel aus, küßte – um nichts zu quetschen – bloß noch die Haare.

Wieder drei Monate vergingen. Feix verließ die Wohnung nimmer, nachdem er noch einmal eiligst Windeln und Bleisoldaten eingekauft hatte. Er schlief nimmer, sondern horchte vor der Türe. Er aß kaum noch. Er wurde vom Briefträger wegen Mißhandlung verklagt. Er schrie die Amme an, weil sie polterig hustete. Er zuckte, blinzelte, er suchte nach dem Moskito, welches abhanden gekommen war, er raste, schrie (aber stets in Kissen hinein, damit Lepopisov Ren nichts vernähme). Dann wieder ließ er sich stundenlang von der Wöchnerin erzählen, wie sie sich befinde, ob es sich wie ein Junge anfühlte. Und wenn sie »Ja« sagte, so freute er sich rein närrisch. Bis eine Fliege summte oder ein Tablett umkippte. Dann fuhr er aus der Haut.

Der Tag kam heran. Der Arzt ließ auf sich warten. Feix sprang von einem Bein aufs andere, unterdrückte. Die Hebamme ließ auf sich warten. Feix kroch Wände empor. Das und mehr wiederholte sich acht Tage lang, ohne das ersehnte Resultat. Der Termin war längst vorüber.

Vierzehn Tage vergingen. Lepopisov Ren nahm immer

noch zu. Arzt und Hebamme kamen umsonst. Feix raste oder weinte.

Ein Monat verging. Lepopisov Ren nahm immer noch zu. Sie lag schon in zwei Betten; nun ließ Feix anbauen. Arzt und Hebamme lachten in sich hinein. Feix stach nach beiden. Zwei Monate vergingen. Arzt und Hebamme blieben aus, sandten aber ihre Telephonnummern.

Der dritte Monat war halb vorbei. Drei Viertel der Stube war von der Wöchnerin ausgefüllt. Feix grübelte abmagernd darüber nach, was an der Verzögerung schuld sei. Lepopisov Ren meinte: Die verbrauchte Zimmerluft.

Also mußte sie ins Freie. Die Türöffnung maß 98 : 200, das Fenster nur 90 : 180. Feix brach eigenhändig die Frontwand des Zimmers nieder.

Es war ein sonniger Julitag. Lepopisov Ren hatte Ausgang. Feix sah ihr außer sich vor Freude nach.

Sie glitt hinaus, halb schwankend, halb schwebend. Draußen legte sie sich auf die Seite – Feix war fieberhaft gespannt –, drehte sich kugelartig weiter herum, bis ihr Bauch zuoberst kam, und auf einmal und langsam stieg sie. Stieg ruhig und majestätisch höher und höher, himmelwärts. Feix verhatterte sich in eine Rouleauschnur. Und sie stieg stetig. Plötzlich fing Feix an, wie rasend zu hupfen, aber es war schon zu spät, er erreichte nichts mehr. Sie stieg höher, feierlich, stieg wie ein Luftballon. Ohne Gondel. Aber oben, im Zenit des Ballons, auf dem Nabel, saß deutlich, unbeweglich, ernst und blaß ein Moskito.

Diplingens Abwesenheit

Nach dem sechzigsten Wirbelmotor mit Repetier-Kolben-Schaltung wurde Herr Silbig Dipl.-Ing., Diplom-Ingenieur und so reich, daß er sich in Kufstein neben dem Hotel Auracher ein kleines Haus erwerben konnte, wo er sich und seine Frau zur Ruhe setzte. Beide Gatten waren entschlossen auch dort, wie bisher in Paris, ohne Dienstboten zu leben. Ebenso besorgten sie die Einrichtung nach Möglichkeit ohne fremde Hilfe: Und diese Einrichtung war nicht nur komfortabel zu nennen. Da wurde ein Zimmer des unteren Stockwerks zum exotischen Wintergarten gewandelt. Schöne Palmen, seltene Orchideen und Kakteen entsprossen einer Erdschicht, die den zementierten Fußboden bedeckte, und zwischen den mit Schlingpflanzen verwobenen Gewächsen luden Amoretten und Lustbetten zum Ruhen ein. Über diesem Zimmer war im höheren Stockwerk, gleichfalls durch Zement gesichert, ein Schwimmbassin für zwei Personen angelegt. Und alles andere war so perfekt auf Schönheit und Bequemlichkeit ausgearbeitet, daß Silbigs oder Diplingens, wie man sie in Kufstein nannte, schon nach vierwöchentlichem Aufenthalt sich gelangweilt nach Paris zurücksehnten. Da war es ihnen sogar angenehm, als ihr Neffe Oberreich aus Kopenhagen seinen Besuch anmeldete.

Hans war ihnen in Paris oft ein ungern gesehener Gast

gewesen, weil er so viel Unruhe brachte und weil er einen Beruf, den es eigentlich nur in Witzblättern geben sollte – Hans nannte sich nämlich Impresario – gewählt hatte und gar nicht ausübte. Aber diese Unruhe schien Diplingens nun beinahe willkommen; vielleicht freuten sich auch beide insgeheim darauf, dem Neffen mit ihrer Villa zu imponieren.

Als Oberreich eintraf, fanden Silbigs ihn übrigens gar nicht so übel, wie sie nach ihrer Erinnerung vermeint hatten. Im Gegenteil: er benahm sich außerordentlich wohltuend, wußte sich bescheiden und unterhaltsam anzupassen. Er brachte sogar ein drolliges Geschenk mit, einen kleinen, ganz jungen Goldfisch, den er, nicht ohne Schwierigkeiten, in einem Einmachglas von Dänemark bis nach Tirol transportiert hatte. Und überhaupt betrug sich der Neffe – er hatte so laute, begeisterte »Oh«-Rufe und »Ah«-Rufe für die Lustwohnung.

Erst nach Oberreichs Abreise entdeckten Diplingens, daß er das Schwimmbad mit Suppenwürze oder so was verunreinigt hatte. Sie suchten diesen unangenehmen Menschen zu vergessen, was nicht ganz leicht war, weil sie den kleinen Goldfisch so liebgewonnen hatten. Er war so rührend unbeholfen in seiner jugendlichen Unerfahrenheit. Er hatte auch noch gar keine rötliche, sondern sozusagen gar keine Farbe, war überhaupt ganz unansehnlich, eigentlich nur ein kleines, etwas längliches Bläschen. Danach tauften sie ihn auch »Bläschen«. Für Bläschen wurde ein Goldfischglas beschafft, das man auf einem Gipssockel in den Wintergarten stellte, und man fütterte das Fischlein täglich mit 48 Ameiseneiern.

Bläschen hier und Bläschen da. Aber nach acht Tagen wird jeder Fisch langweilig. Diplom-Ingenieurs fingen, jeder getrennt für sich, an zu überlegen, ob sich nicht gemeinsam erwägen ließe, inwiefern es berechtigt wäre, Pläne zu schmieden betreffs einer längeren Reise nach Paris.

Beide Gatten waren sich einig, aber doch war und blieb ein Hindernis. Wer sollte in ihrer Abwesenheit Bläschen füttern und wer die Pflanzen begießen? Etwa fremde Personen? – »Nein! Nein! – Nie! Nie!« Der Plan wurde aufgegeben. Die nächsten drei Tage hindurch stumpften Silbigs so hin. Es schien so, als wären sie böse aufeinander. Man hörte mal das Bullern eines Magens oder das eigene Herzklopfen. Ein andermal plätscherte Bläschen ein wenig, aber sonst –

Und doch hatte Herr Silbig noch nie so intensiv gearbeitet wie in diesen drei Tagen. Und am vierten Tag war das Wunderwerk, welches die Pariser Reise ermöglichen sollte, vollendet und angebracht.

Seitdem Diplingens abgereist waren, kreisten an der Decke des Wintergartens stetig langsam zwei Räder, von denen das eine dauernd einen ganz feinen Wasserstaub durch das Zimmer sprühte, während das andere nach jeder halben Stunde ein Ameisenei in das Goldfischglas fallen ließ. Das Wasser für die Sprühmaschine wurde vom Schwimmbassin hergeleitet. Das Reservoir für die Ameiseneier bildete ein großer hölzerner Schwebekasten.

Hans Oberreich hatte sich in diesem Fall keinen Scherz erlaubt. Er war, ohne es zu merken, selber betrogen worden von dem Kopenhagener Händler, der ihm statt

eines Goldfisches einen ganz jungen Walfisch angedreht hatte.

Diplingens hätten eine dritte Maschinerie erfinden sollen, um die beiden anderen Räderwerke automatisch von Zeit zu Zeit mit neuem Öl zu versorgen. So aber ergaben sich Störungen, die allmählich schlimmer wurden. Der Zerstäuber am Wasserrad löste sich. Das andere Rad legte jetzt schon 20 Eier in der Minute, einige davon noch ins Goldfischglas.

Diplingens blieben abwesend. Die Gewächse im Wintergarten troffen. Starkes Rauschen übertönte das wohlige Plätschern des Goldfisches, welcher fraß und wuchs.

Das Erdreich war nicht mehr sichtbar. Die Lustbetten begannen zu schaukeln, die Amorchen torkelten. Eines Morgens erschrak der junge Goldfisch, weil er im Glase feststak, sich weder vor- noch rückwärts bewegen konnte.

Da überkam es ihn, daß er ein Walfisch sei; er blähte sich stolz. Das Glas platzte, und plumps – schwamm der Wal zwischen treibenden Lustbetten und entwurzelten Palmen. Er fing an, die Gips-Amoretten wie Biskuit zu zerknabbern.

So was bleibt auf die Dauer nicht unentdeckt. Die Auracher hörten nachts gräßlich gigantisches Schnauben. Eine Klage lief gegen die abwesenden Silbigs, weil der Briefträger, als er von außen die Briefklappe an der Tür öffnete, von innen mit Wasser begossen worden war.

Selbst der kaltblütige Revierschutzmann, der das Schloß aufbrach, kam einen Moment außer Fassung, als er beim Öffnen der Tür von einem herausschießenden, hydraulischen Walfisch die Treppe heruntergerissen wurde.

Während im Treppenhaus der Schutzmann und andere Neugierige im Strudel der nachstürzenden Wassermassen ertranken und der Walfisch schon draußen auf dem Marktplatz mit zornigen Flossenschlägen das Pflaster aufpeitschte, gab der Magistrat telegraphisch eine Annonce an alle auswärtigen Zeitungen auf: »Wer kauft einen lebenden Walfisch?«

Sofort meldete sich die Firma Hermann Tietz, Berlin.

Da man in Kufstein über kein großes, transportables Bassin verfügte, so wurde der Walfisch in nasse Tücher eingewickelt und während der Fahrt nach Berlin durch Klistiere künstlich ernährt.

Am Anhalter Bahnhof geriet die Begleitmannschaft mit den Arbeitern von Tietz in Streit, weil letztere außer dem Walfisch auch noch die Walfisch-Windeln beanspruchten. Diese blieben aber zuletzt doch in den Händen der siegreichen Kufsteiner.

Da war es in der Tat kein leichtes Stück für die acht Berliner, das zappelnde, schlüpfrige Riesentier durch die Königgrätzer Straße und weiter zu tragen.

Und kein Wunder, daß ihnen beim Übergang zum Tempelhofer Ufer das grauenhafte Luder entwischte und in den Kanal stürzte.

Kürzen wir den Wasserweg Spree – Landwehrkanal – Havel – Elbe etwas ab. Halten wir uns nicht länger bei erschrockenen Badegästen, zerstörten Äpfelkähnen auf. Übersehen wir die verschluckte Leiche im Landwehrkanal und vermeiden wir überhaupt jede Ausführlichkeit, wie sich der Walfisch über Schleusen, ausgespannte Fischernetze und das Binnenschiffahrts-Gesetz vom 15. Juni 1895 hinwegsetzte. Er erreichte die nördlichen Meere, gründete viele Familien, um denselben seine wunderbaren Erlebnisse aus Diplingens Abwesenheit zu erzählen. Ob er dabei das Maul zu voll nahm, niemand schenkte ihm Glauben, und so zog er sich von den Mitwalen zurück.

Und wenn er nicht gestorben ist, so lebt er noch heute in den eisigen Wassersteppen von Grönland herum, einsam seine Furchen ziehend, traurig schaukelnd und nachdenklich blinzelnd, als suche er vergeblich nach treibenden Lustbetten und Gipszwieback.

Vom Baumzapf

Magdalissimus Baumzapf ging zu seinem Onkel.

Magdalissimus hatten seine Eltern ihn taufen lassen, damit er etwas Apartes, Originelles werden möchte. Denn sein Vater war zeitlebens in langen Haaren und Sammetjackett umhergewandelt. Da sich der Alte zum Sterben streckte, hatte er ohne Zweifel keine Ahnung von dem berühmten Ausspruch Lord Byrons, daß zwei Rosse keine Violine nageln. Denn nunmehr, das heißt 28 Jahre nach des Vaters Tode und 29 Jahre nach seiner eigenen Taufe trug Magdalissimus außer diesem Namen, einer Stinkwut und zwei dicken Foliobänden illustrierter Bechstein-Märchen nichts weiter Wesentliches zu seinem Onkel.

Er haßte seinen Onkel. Der Onkel liebte ihn. Der Onkel lieh kein Geld her. Magdalissimus schenkte immer wieder Bücher hin. Der Onkel sammelte leidenschaftlich, unter anderem Bücher. Magdalissimus borgte leidenschaftlich, aber unleugbar war der Onkel ein außerordentlicher Geizhals. Seitdem er zum Beispiel einmal als Gast bei einem Diner Schnepfendreck gespeist hatte, wünschte er nichts sehnlicher, als eine Schnepfe zu sein.

Doch billigerweise hat gerade diese übelste Wurzel, Geiz, meist eine oder mehrere sonderliche Tugenden in Begleitschaft. Und allein die Freude, das Verständnis und die Sorgfalt, womit der Onkel Bücher sammelte, Bücher stapelte, hätten genügen müssen, um im Busen seines Neffen einen ganz raffinierten Mord- und Racheplan zu ersticken. Rache, weil der Onkel kein Geld gab; Mord, weil er viel besaß.

Mittelst anderweitiger Geldanleihen, zäher Energie und Schwindeleien konsultierte Magdalissimus Architekten, Notare, Literarhistoriker, besuchte er Antiquariate und Buchbinder. Und nach zwei Jahren feindseliger Zurückgezogenheit wußte er allerlei Bedeutsames, zum Beispiel wieviel Gewicht ein Balken trägt.

Da ging er zum erstenmal wieder zu seinem Onkel, bat um Verzeihung und verehrte ihm zur Versöhnung die Memoiren Casanovas, die sehr seltene Originalausgabe, vor d. franz., 12 Bände, in Bronze gebunden.

Der Onkel umarmte ihn, weinte, blieb – der neunundsechzigjährige Mann! – seines Neffen wegen bis 2 Uhr morgens wach und – sein Bestes erzählend – begleitete er sogar noch den jungen Mann vier Meilen weit bis an dessen Wohnung.

Denn Geizige sind unermüdlich in ihrer Dankbarkeit. Sie leben sehr lange.

In der Folge kam Magdalissimus oft, später täglich; jedesmal brachte er Bücher für den Onkel mit. Schöne alte Bücher, interessante Bücher, dicke Bücher, Folianten. Vielbändige Werke, Brockhaus, Meyers Lexikon, Große Ausgabe; den ganzen Luther, Europäische Annalen. Erbauliche Werke. Eine umfangreiche Bibelsammlung auf einmal und dann nach und nach ixerlei, wahllos oder vielmehr enzyklopädisch. Auch anfechtbare Sachen, wie Karl Mays Schriften, alle Sammelbände Simplicissimus und dergleichen. All das neu und solid gebunden. In Holz gebunden mit Messingbeschlägen. In Lederdeckeln mit Bleieinlage. In sammetüberzogenes Eisen gebunden. In Nickel; in Kupfer.

Magdalissimus Baumzapfens Mutter starb am Magenkrebs und hinterließ, was aus zwölfjährigem Mittagstisch herauszuschlagen war. Der Onkel weinte, küßte, tröstete, dichtete einen Nekrolog, zeichnete die Verblichene aus dem Gedächtnis, wanderte jeden Sonntag eigenhändig nach dem Friedhof, um das Grab zu begießen, und schenkte die Jugendbriefe der Toten hin. Schenkte!

Magdalissimus wendete die halbe Erbschaft daran, um sich mit wertvollen Reisebeschreibungen und sämtlichen Jahrgängen der »Times« zu revanchieren.

Er redete auf seinen Onkel ein: Hier eine kostbare unersetzliche Bibliothek in dauernder Feuersgefahr. Demgegenüber nichtswürdig hohe Versicherungsgebühren. Und dahinter fast lächerliche, nein trügerische Ersatzansprüche. Der Onkel verließ nicht mehr seine Wohnung.

Magdalissimus kam und schenkte. Er wog seine Geschenke zuvor, ideell wie materiell. Sein zweijähriges Studium hatte ihm eine gewisse physikalische und mathematische Gewandtheit verliehen, und eine verständliche Vorsicht gab ihm den Vorsatz ein, die letzten fünf Zentner nicht mehr persönlich zum Onkel zu schaffen, sondern sie lieber eingeschrieben per Post aus Influenza zu senden. In seinen Gedanken galt ihm dabei ein zerquetschter Paketträger für ein schrecklich betrübliches, aber unumgängliches Opfer.

Onkels Bewegungsradius verkleinerte sich. Bücher

drängten sich an Bücher, übereinander bis an die Decke. Und da sandte Magdalissimus das neue, verschließbare und feuersichere Bücherregal aus Stahl.

Onkels Zimmerwände knackten spukhaft. Es knackte in den Bohlen des Fußbodens. Onkel wurde unruhig. Er merkte schon lange was, aber nicht richtig was.

Jetzt wieder zurück zum Anfang der Erzählung. Magdalissimus Baumzapf ging zu seinem Onkel. Das letzte Mal.

Er schenkte zwei illustrierte Foliobände: Bechsteins Märchen, in vergoldeten Marmor gebunden. Onkels Stube betretend, ließ er die Bücher im Schreck fallen, weil er eine Senkung im Fußboden gewahrte; und das Fensterbrett war verbogen. Aber gleich hinterdrein erschreckt, hob er die Bücher hastig wieder auf, um den Fußboden wieder um ihr Gewicht zu erleichtern.

»Mach dir's leicht, guter Junge, und nimm Platz«, sagte der Onkel. Onkel hatte heute etwas zum Anbieten: Zigaretten, eine ganz besondere Sorte, zwei Stunden weit extra für den Neffen herbeigeholt. Der nickte nur, weil ihm der Atem noch nicht zurückgekehrt war.

»Mein Gott! Junge, du bist ja ganz blaß! Fehlt dir was?«

Magdalissimus wehrte verwirrt, suchte nach irgend – –. Aber es klopfte, und ein halbes Dienstmädchen meldete, die erste Lieferung von Bollermann sei angelangt.

Vielleicht erhoffte Onkel eine neue bibliophile Dedikation Magdalissimi; er sagte: »Bitte, man soll sie hereinbringen.« Dabei griff er mit erstaunlicher Stärke und Behendigkeit sechs Bibeln aus einem Regal, als wollte

er Platz für das Kommende schaffen. »Onkel«, rief Magdalissimus, sich erregt erhebend, »erwartest du etwa noch – –?«

»Bitte halte mal!« antwortete der Onkel und drückte ihm die sechs Bibeln so wuchtig in die Arme, daß der junge Baumzapf damit in den Sessel zurückfiel. Da klopfte es, ging die Türe auf, brachte ein bügelförmiger Mann die erste Lieferung von Bollermann herein: zwei Zentner Kartoffeln. »Macht fünf Mark.«

Wo die Senkung im Fußboden war, knackte es. Der braune Fußbodenlack bekam das Muster windbestrichener See.

Magdalissimus wollte sich – – die Bibeln – – »Onkel!!« – – Kennacks – Prracks – Tschsch-Tu – Tsch – Lipp-Wupp – Huihhh – (Fallen).

(Onkel bewohnte im vierstöckigen Geschäftshause eine preiswerte Mansardenwohnung.)

Bum – Kladdera – Bumms –. Mit den Tausenden von Büchern mischten sich plötzlich Akten, Schreibmaschinen, junge Mädchen und Tintenfässer. – Nack Nack Nack – Nicks – Pracks – Drucks – Uhüiihh – Bum – Kladdera – Bumms –. Mit den Büchern, Mädchen, Akten, Tintenmaschinen und Schreibfässern vermengten sich plötzlich Tausende von Korsetts – lila, weiß, rosa. Krrr – Uiehks – schlitterteklirrte Huihhh – Bumms. Intimes Interieur. Ganz flüchtig. Ein Arzt schrie auf. Die Geburt eines Zwillings war abgebrochen. Knacks – Huih – Bumms – Bumms – –. Stille – –.

Magdalissimus war so verschüttet, daß sein Kopf eben noch herausragte. Zwei Stunden dauerten die Aufräumungsarbeiten bis zu seiner Befreiung, und gerade so lange lebte er noch. Aber während dieser Zeit sah er dauernd seinen Onkel beflügelt in den Wolken kreisen, einen Fünfmarkschein in der Hand schwenkend, und hörte ihn fröhlich zwitschern.

Abseits der Geographie

Herr Droschkenkutscher Porösel wurde trübsinnig aus Langerweile; er wußte seinem Berufe nichts abzugewinnen. Müde und stumpf saß er am Tag oder bei Nacht auf seinem Bock. Müde und stumpf stand oder trabte auch der Gaul, der nun schon seit elf Jahren an Porösels Deichsel gewohnt war und, außer Dienst, sogar Seite an Seite mit seinem Herrn schlief.

Eines Morgens ging der Kutscher wieder derart zu Stroh und seufzte, sich hinstreckend: »Ach, wäre ich doch tot!« Und sich vorstellend, wie das sein müßte, wenn er tot wäre, kniff er unwillkürlich die Augen zu. Da er sie aber nicht völlig zugekniffen hatte, sah er zu seinem maßlosen Erstaunen, wie der Gaul ihm eine höhnische Grimasse schnitt, dann in lautes Lachen ausbrach und auf einmal, so als habe er zu laut gelacht – genau wie ein Mensch mit der Hand es macht –, sich einen Huf vors Maul hielt.

Der Droschkenkutscher riß die Augen auf, da nahm der Gaul sofort wieder seine ursprüngliche, müde, stumpfe Haltung an. Vielleicht hatte Herr Porösel doch geträumt. Es war doch unmöglich, daß ein Pferd so was tat und obendrein noch seinen Herrn seit elf Jahren betrog. Immerhin. – Hier galt es nachzuforschen.

In der nächsten Zeit stellte sich Herr Porösel öfters schlafend, und da bemerkte er einmal, wie sein Roß sich plötzlich auf die Hinterbeine stellte, die Vorderbeine verschränkte und so, leise auf und ab gehend, vor sich hin murmelte: »Wäre ich eine Stute und Herr Porösel in mich verliebt, so würden unsere Kinder Maultiere.«

»Was willst du damit sagen?« rief der Kutscher aufspringend. »Du falsches Vieh!«

»Gelt, ich bin doch schlauer als du?« sagte das Pferd ruhig und mit einer gutmütigen Sicherheit, die seinem Herrn die Peitsche aus der Hand wand. »Nun, nun«, fuhr es fort, als es Herrn Porösel hilflos baff zerknickt zusammenbrechen sah, »ich wüßte schon Rat, aber es kostet Überwindung.«

»Bin zu allem bereit«, stöhnte Porösel.

Das Roß schnäuzte sich zwischen zwei Hufen und sprach: »Du mußt dich aus der Welt schaffen, aus dieser Welt.«

Dumpf nickte der Droschkenkutscher. »Ja, sterben. – Es ist das Beste.«

»Im Gegenteil! Hör mich an: Begib dich sofort nach der Fasanenstraße in das Haus Nummero – – aber verzeih, wir müssen etwas leiser reden –.« Der Gaul flüsterte das Weitere dem Kutscher leise, dicht ins Ohr. Es war ein sonderbarer Ratschlag. Porösel wurde abwechselnd rot und blaß und preußischblau. Aber zuletzt stand er überzeugt auf, umarmte sein Pferd dankbar und ließ sich umarmen. Danach begab er sich eiligst zu Fuß in das angegebene Privathaus in der Fasanenstraße, wo er, in den Salon geführt, zum Hausherrn folgendes sagte: »Bevor ich Ihnen Wichtiges mitteile, bitte – – wo ist – –? Entschuldigen Sie – mir ist etwas übel – «

der Weihnachtsmann

Im Kämmerlein verriegelte der Droschkenkutscher die Tür, setzte sich irgendwo hin, tat irgendwas. Dann kletterte er hinein, reckte sich auf, zog am Spülgriff, wurde von Wasserstrudeln ergriffen und total durchweicht, fühlte sich länger und dünner werden und in ein Rohr hineingezogen.

Je länger, desto schneller sauste Porösel durch das schier endlose Rohr und leider nicht mit dem Kopfe voran, sondern umgekehrt. Deshalb geschah es, daß, als das Rohr sich in zwei Arme spaltete, er an diesem Scheideweg mit dem einen Bein ins linke und mit dem anderen ins rechte geriet und – bums! Au! Stopp! – steckenblieb. Da er aber am rechten Rohr die Wegweisernotiz »Zur Kläranlage« las und sich genügend auf- und abgeklärt dünkte, so zog er das dortige Bein heraus und rutschte sofort im linken Rohrschacht weiter. Sein Tagebuch, das auf später noch zu erzählende Weise zu uns zurückkehrte, vergaß bedauerlicher Weise, Namen und geographische Bestimmung des eigenartigen Landes anzugeben, wo Herr Porösel endlich in einem Becken landete, welches dem Ausgangsbecken seiner Reise ganz ähnlich sah. Er stieg hinaus, und weil er sowohl Kammertür als auch Korridortür offen fand, sich außerdem genierte, die Bekanntschaft eines Fremden zu machen, dessen Wohnung er auf so unkonventionelle Weise betreten hatte, so entfernte er sich heimlich rasch.

Da fand er sich denn in einer Stadt in einem Lande, wo es nicht anders zuging als bei uns, bis auf wenige, aber tief einschneidende Unterschiede: Dortzulande tat nichts weh.

Ein Mann wie Porösel, der alles nur mit dem beschränkten Blick eines Droschkenkutschers sieht, war natürlich nicht imstande, die großen, alles umwälzenden Folgeerscheinungen eines solchen Nichtwehtuns zu erfassen. Er berichtet in dieser Beziehung nur unwesentliche, oft geradezu dürftige Begebenheiten. So das große Vergnügen, womit er in den ersten Wochen täglich zum Zahnarzt gelaufen sei, um sich ganz gesunde Zähne ausziehen und dann wieder einhämmern zu lassen. Oder er findet an einer Droschkenfahrt Gefallen, bei welcher der Kutscher das mit einem Reibeisen gesattelte Pferd ritt. Die Wagensitze waren mit Stacheldraht gepolstert, und trotz bester Federung fuhr der Wagen höchst holperig, weil dauernd Straßenjungen sich zum Jux unter die Räder warfen.

Porösel schreibt: es gäbe dort kein Verrecken, womit er Tod oder Sterben meint. Wenn einem beim Duell ein Ohr oder sonst ein Glied abgeschlagen wurde, so wuchs innerhalb von acht Tagen erstens ein neues Ohr an den Menschen und zweitens ein neuer Mensch an das Ohr. Zwischen den Zeilen des übrigens gewissenhaft geführten Tagebuches lesend, erfahren wir, daß es dortzulande auch keine Geburt oder wenigstens keine Zuneigung in unserem schmutzigen Sinne gab. Wer sich vermehren wollte, schnitt sich zum Beispiel einen oder zwei oder zehn Finger ab und wartete acht Tage lang.

Auch Porösel selbst kam einmal auf die Idee, sich zu vermehren, aber eigentlich nur, weil er eine Droschkenräder-Fabrik zu gründen gedachte, deren gesamtes Personal er aus zuverlässigen eigenen Kindern rekrutieren wollte, damit auch die Gehälter in der Familie blieben. Er tauchte seine Nase in die Fleischmaschine, verstreute die herausgedrehten Würmer aus Nase im Garten und freute sich darauf, nun allmorgendlich beim Kaffee vom Balkon aus zuzusehen, wie sich im Garten sein stattlicher Nachwuchs entwickelte. Ein Amselschwarm verdarb ihm das Vergnügen, fraß gleich am ersten Tage alle Fleischwürmer auf. Herr Porösel war froh, als ihm eine neue Nase wuchs.

Eine andere Episode schildert einen Streit mit einem Schmied, der aus Ungeschicklichkeit einen Amboß auf Porösels Füße fallen ließ. Obwohl der Kutscher nicht den geringsten Schmerz verspürte, gab er sich doch nicht mit dem höflichen »Oh, Pardon!« des Schmiedes zufrieden, sondern versetzte diesem eine Ohrfeige, und noch immer von der übertriebenen Empfindsamkeit seiner Heimat befangen, stach er sogar noch dem anderen ein Auge aus. Der Schmied floh, warum, war nicht erklärlich. Als er aber genügenden Abstand von unserem Kutscher hatte, schnitt er sich blitzschnell ein Bein ab, beugte dasselbe im Knie zu einem gewissen Winkel und warf es wie einen Bumerang derart in die Luft, daß es herabschwirrend Herrn Porösels linke Mittelzehe abschnitt. Ohne daran zu denken, daß er nun ein Kind bekäme, hob der Kutscher mürrisch Zehe und Bumerang auf und verschloß beides zu Hause in einem Kommodenfach. Später verbrachte er viele schlaflose Nächte, weil er von irgendwoher unheimliche »Mach auf«-Rufe zu hören vermeinte.

Nichts weiß dagegen dieser engköpfige Tagebuchschreiber über die merkwürdige Kriegssituation in jenem Lande zu melden, wo doch jeder Heerführer beglückt sein müßte, wenn seine Armee vom Gegner kurz und klein geschlagen würde. Nein, unser Droschkenkutscher langweilte sich nur und bekam Heimweh, Sehnsucht nach seiner Schwe-

Der brennende Schneemann

ster, die ihm noch dreißig Mark schuldete und die er allerdings aufrichtig liebte. Er wußte keinen Rat, wie er wieder in seine Heimat zurückgelangen könnte. Vergebens blinzelte er allen Droschkengäulen zu, redete wohl auch das eine oder andere an: »Nun??« – »Tu nur nicht so; ich weiß, daß du mich verstehst.« Aus keinem Gaul brachte er was 'raus. Bis er sich eines Nachts in einen Stall einschlich, sich neben ein Pferd aufs Stroh warf und sich alsbald stellte, als ob er schliefe. Er gewahrte jedoch nichts anderes, als daß das Pferd zu äpfeln begann, und weil es gleichzeitig Fliegen abwedelte, so kriegte Herr Porösel etwas ab und floh.

Dennoch bekam er später auf irgendwelche Weise das Rezept in die Hand, um sich, und zwar in der schon einmal durchreisten Art, wieder von dortzulande nach seiner Heimat und sogar direkt in die Wohnung seiner Schwester zu spülen. Der Zufall wollte, daß diese etwas kränkliche Jungfrau gerade saß, als Porösel unter ihr auftauchte.

»Pfui Teufel!« schrie sie und lief empört davon.

Der Heimkehrende war durch diese rohen Begrüßungsworte so tief enttäuscht und gekränkt, daß er einen Moment wie angewurzelt, wortlos dastand. Dann schleuderte er das mitgebrachte Tagebuch seiner Schwester nach, richtete sich entschlossen auf, zog am Strang und spülte sich zurück in jene geheimnisvolle Fremde, wo er verscholl.

Eheren und Holzeren

Die babylonische, die aztekische, die chinesische. Aber sprechen wir nicht mehr davon. Wer sich näher dafür interessiert, sei auf Otto Bergmanns Berge und Täler der Äonen, Jena 1804, Verlag Weidebach, 8°, Halbfranz, hingewiesen.

Um 4700 vor Christi Geburt herum lebten hoch im Norden, von Meeren und Eisbären eingeschlossen, die Eheren, Nachkommen und Untertanen des greisen Königs Holzkopp. Der war berühmt wegen seiner weichen, gütigen Seele, die ihn bewog, mit jedem harten, trotzigen oder auch nur energischen Menschen, der ihm begegnete, Händel anzufangen und ihn kleinzukriegen. Und so hatte er längst alles, was ihn im weiten Kreise umgab, kleingekriegt und herrschte darüber in gütiger Weichheit. Handel und Wandel und Künste blühten. Nutzhölzer, Zierhölzer, Fässer, Wagen, Schlitten, Laubsägearbeit und Holzbildhauer. Das Volk war zufrieden, verfiel auch nicht in bosheitbrütende Langeweile, weil im Laufe der Jahre sich immer mal wieder ein Fremder nach dort verirrte, der die Eheren in ernstes oder heiteres Staunen versetzte. Weil er seltsame Kleider und Gegenstände trug, nicht Eherisch verstand und keinen Mihinka trinken mochte, diesen köstlichen, aus Renntierläufen und Meerrettich hergestellten Naturwein.

Selbstverständlich wurde solcher Fremdling zuerst zum

König geführt, der ihm vieles schenkte, einiges nahm und ihn in der Form von Belehrungen ausforschte. Besonders sympathischen Gästen pflegte er sogar ein Geheimnis mitzuteilen, von dem keiner seiner eigenen Untertanen etwas wußte. König Holzkopp war nämlich Erfinder und Besitzer des magnetischen Nordpoles. Dieser bestand aus einer kleinen Pastete, die der König in guter Stunde gebacken hatte und nun in einem von hohen Mauern geschützten großen Garten aufbewahrte. Die Pastete blieb aber auch für die sympathischen Gäste unzugänglich und unsichtbar, weil sich darüber ein gigantischer Haufen von angezogenen Eisengeräten angesammelt hatte. Speere, Schwerter, Nagelfeilen, Ankerketten, Enterhaken, Nähmaschinen, Stacheldraht.

Die Fremdlinge, die ins Land der Eheren verschlagen wurden, waren zum Teil recht bemerkenswerte Leute. Im Gästebuch des Königs stehen Namen wie: Luluhili, genannt der eiserne Kanzler von Phönizien. Oder: Mabius, Degenschlucker aus Mittweida.

Solchen Persönlichkeiten von zähem, willensstarkem Naturell oder stählerner Entschlossenheit und den sympathischen Gästen pflegte der König später, nachts, in guter Stunde, wenn sie schliefen, unter gütigem Lächeln die Kehle abzudrücken.

Die drahtlose Telegraphie – in anderer Methode als später in Europa – wurde erfunden. Allerdings zunächst nur der gebende Teil. Der König und seine Untertanen sandten zahllose Telegramme in die unbekannten Fernen hinaus. Zum Beispiel: »An alle. Ich, König Holzkopp, habe durch mein Volk die halbe drahtlose Telegraphie erfinden lassen.« Auch kurze Kabelworte: »Prosit Neujahr! Die Eheren.«

Ungeheures Aufsehen erregte es, als der zweite, der aufnehmende Teil der drahtlosen Telegraphie erfunden wurde. Mit elementarer Spannung wartete alles. Wirklich traf ein Funkspruch ein.

Uha, die greisenhafte Großmutter des Königs, war die einzige, der es gelang, Sinn in die fremdsprachlichen Worte zu bringen. Sie übersetzte: »Ihr, König Holzkopp, und ihr Eheren alle könnt uns, die Holzeren, Eure Antipoden, am –«

Das Telegramm war noch länger, jedoch beim Vorlesen des Wörtchens »am« ward Uha vom Schlage gerührt. Weil sie derart zu Tode beleidigt worden war und man nun den Schluß nicht erfuhr, so fühlten sich die Eheren gekränkt. Und der König geriet in solche Wut, daß er sich nackt auf den Thron begab, die Mobilmachung befahl und niemals wieder Kleider anlegte. Das Volk hingegen bekleidete sich mit hölzernen Rüstungen und Schuhen, denn Metall war ihm unbekannt, griff zu hölzernen Waffen und schiffte sich auf hölzernen Barken ein. Der König nahm heimlich die halbe Pastete mit.

Damals gab es außer und nahe dem geographischen Südpol noch einen holznetischen Südpol, der die Eigentümlichkeit besaß, alles Hölzerne anzuziehen. Daß die Quelle dieser Wunderkraft letzten Endes in einem Pudding bestand, wußte nur Stahlhaupt, der harte, grausame König der Holzeren. Er hatte den Pudding gekocht und wußte ihn im Geheimgarten, unter einem Riesenberg von angezogenen Holzgeräten verwahrt. Ruder, Bootsplanken, Spindeln, Pfahlbauten, Särge, Quirle, Bleistifte.

König Stahlhaupt lief sein Leben lang immer nackt herum. Er haßte Weichlinge und Schlappschwänze, und wenn je Fremdlinge von derartiger Charakterbeschaffenheit sich ihm oder seinem Lande näherten, so reizte er sie durch Beleidigungen und stellte sich gleichzeitig ängstlich, unsicher, bis die Gekränkten ihn angriffen. Dann, weiterreizend, floh er zum Schein, ließ sich sogar etwas verprügeln, um ihre Tapferkeit noch weiter anzuspornen. Bis er sie schließlich aus Notwehr totschlagen mußte.

Ein historischer Funkspruch traf ein. Die Holzeren betranken sich mit Wimmhubs, ihrem schmackhaften, aus Pinguinbutter und Soda hergestellten Nationallikör. Dann legten die Untertanen Stahlpanzer an und bestiegen eiserne Schiffe, denn Holz war ihnen ein unbekanntes Mineral; und der nackte Stahlhaupt folgte ihnen und trug heimlich den Pudding in der Hand.

Ob es anno 4680 war, also in dem Jahre, von dem der Vikinger Historiker Wlehd erzählt, daß es durch eine ungeheure magnetische Deviation alle nautischen Berechnungen über den Haufen warf. Oder später? Sicher ist nur, daß auf dem Meere, welches damals die Gegend des heutigen Rastenburg bedeckte, die beiden Flotten einander in Sicht kamen.

Da geschah sofort etwas Unerhörtes, Einzigartiges. König Stahlhaupt war, der besseren Übersicht wegen, mit seinem Schiff etwas hinter den anderen zurückgeblieben. König Holzkopp andererseits stand, die halbe Pastete in Händen, auf seinem Flaggschiff und hatte aus kriegerischer

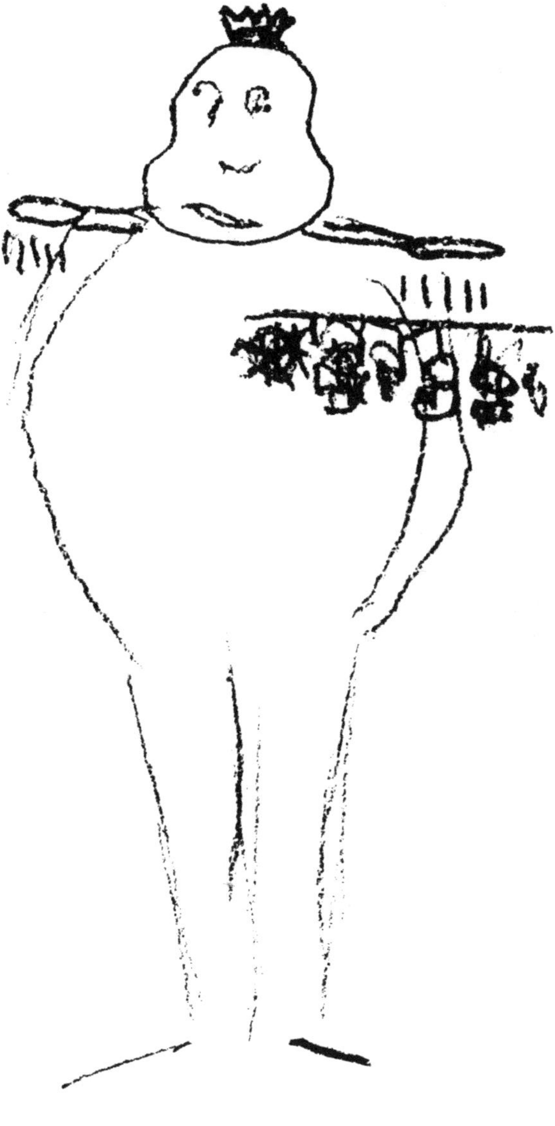

Bescheidenheit den anderen Schiffen einen gewissen Vorsprung gelassen. Plötzlich sahen beide Könige ihre Flotten in rasender Geschwindigkeit dem Feinde zufliegen und fühlten beide gleichzeitig, wie ihr eigenes Schiff ihnen unter den Füßen wegglitt. Eine Tausendstel Sekunde später war folgende Situation perfekt: König Stahlhaupt stand von lauter holzgepanzerten Eheren umringt auf einem der dicht aneinander gepreßten Holzschiffe. König Holzkopp hingegen befand sich auf der eisernen Flotte von lauter Holzeren umringt. Erst jubelten beide Völker über den gefangenen König, dann trauerten sie über den verlorenen König, dann entdeckten beide Völker das Ausgleichende ihres Schicksals und verabredeten funkentelegraphisch einen Königsaustausch. Auf ein bestimmtes Signal hin sollten beide Parteien ihren Gefangenen in einem Ruderboot entlassen, ohne zu folgen. Beide Völker brachen aber diese Verabredung nachher, indem beide den entlassenen Gefangenen mit sämtlichen Schiffen folgten. Ob dieser beiderseitigen Niedertracht wurde der Waffenstillstand abgebrochen. Die Seeschlacht sollte beginnen. Da die königlichen Gefangenen selbstverständlich nicht daran teilnehmen konnten, sondern überwacht zurückbleiben mußten, ergab sich ein merkwürdiger Beweis für die Hilflosigkeit führerloser Streitkräfte. Beide Flotten gingen nicht vor. Sie beschimpften sich nur aus der Entfernung gegenseitig per Funkentelegraphie. Als aber die Vorräte zur Neige gingen, kam Unzufriedenheit auf. Bald war man hüben und drüben auf Friedensverhandlungen erpicht.

Die Eheren sandten den Holzeren zehn Tonnen Mihinka. Die Holzeren sandten den Eheren fünf Tonnen

Wimmhubs. Danach vereinigten sich die beiden Flotten. Die Könige küßten sich. Und alle betranken sich und betrugen sich so laut und rüpelhaft, daß ein noch nie dagewesener Seesturm losbrach, wobei sämtliche Eisenschiffe mit den Holzeren samt König Stahlhaupt und dem Pudding untergingen.

Die Eheren aber retteten sich auf ihren kieloberst treibenden Fahrzeugen nach ihrer südöstwestlich vom geographischen Nordpol gelegenen Heimat.

Vom Zwiebelzahl

Herr Tretebalg war von Beruf polizeilich verfolgter Wunderarzt, Naturarzt, Dentist; wie man's nehmen wollte. Von Zähnen und Hühneraugen abgesehen, gab es Hunderte von Geheilten, die seine Magie priesen. Den Glaser Lobesand hatte er von der Gallenpest befreit, einfach dadurch, daß er ihm zweimal mit einem Pferdeknochen über den Bauch strich und dabei sagte: »Lache mal!« Fertig: Gelacht – gesund.

Fachleute, wie Dr. Quilippi, nannten Tretebalgen einen fatalen Quacksalber.

Das Fernrohr in der Hand des fatalen Quacksalbers zitterte. Wahrhaftig: drüben im Garten war eine kleine, aber festliche Tafel gedeckt, deutlich für zwei Personen. Tretebalg stand schon im Frack bereit. Aber nein. Nein, nein! Er wollte doch noch absagen. Mit einem Menschen zusammen essen, der – der – wenn auch nicht –, aber schon dieses ewige Gelehrte, dieses Austüfteln! Dieser verknöcherte Aktenstaub, dieser muffige nichts wie Bücherkram! Tretebalg legte noch einmal das Fernrohr über die Brüstung. Ja, dort oben saß er! Der gebildete, gelehrte Herr Dr. Quilippi; nur ein Stück krummen Rückens sah man, aber dieser Rücken schnüffelte ohne Zweifel wieder mit seiner blutlosen Nase in blödsinnigen, stinkigen Schmökern herum, lernte jetzt, eine Stunde vor dem Festessen, allerlei veraltetes, verbohrtes Gewäsch auswendig, womit er dem andern Eindruck machen würde, klaubte sich vielleicht spitzfindige, hinterlistige, schuftige Fremdwörter zusammen, um – um den Quacksalber, den fatalen Quacksalber in Verlegenheit – – »Huach!!« Ein Ausstoß, fast Kreischen. Das Fernrohr entrollte. Erst über die Brüstung und, als Herr Tretebalg zugriff, schnell in die Tiefe. »Hüukschä!« Das gab den Rest. Tretebalg hatte auf einmal einen Revolver in der Hand, legte nach drüben zu auf den krummen Rücken an und feuerte einen Schuß ab. Dann fiel er steif rücklings um. Ins Zimmer. Auf einen Teppich.

Der Naturarzt hatte meisterhaft gezielt. Der Berggeist Zwiebelzahl flog gerade unsichtbar vorbei. Er kam von einem überirdischen Billardspiel, und da ihm der Schuß natürlich nicht entging, machte er sich einen Scherz daraus, der fliegenden Kugel durch einen ebenso geschickten wie heftigen Stoß mit dem unsichtbaren Billardqueue ein wohlberechnetes Effet zu geben. Derart, daß sie rechts ab einmal um den Erdball herumsausen und erst dann wieder ihre alte Richtung aufnehmen mußte.

Tretebalg hatte den Doktor erschossen, der ihn – als Einzigen – zum fünfzigjährigen Geburtstagsschmause einlud. An dieser Tatsache kaute der Wunderarzt nun herum, wie ein junger Hund an seiner Speckschwarte. Er versuchte sie zu verschlucken; sie kam immer wieder hervor. Wie er sie auch anpackte, sie blieb, was sie war.

Herr Tretebalg erhob sich grau verstört, wankte nach dem Nachbarhause hinüber, verzweifelt entschlossen, nun die Rolle des Harmlosen, Überraschten, Entsetzten zu spielen. Welche Rolle!

Irgendwer führte ihn nach oben, öffnete die Tür zum Arbeitszimmer des Doktors. Tretebalg trat ein.

Aber nicht so wie ein Blitz aus heiterem Himmel oder wie von der Tarantel gestochen, sondern gerade umgekehrt anders traf ihn der Anblick des ihm lächelnd entgegenschreitenden Doktors.

»Herzlich willkommen, mein bester amicus Tretebalg.«

»Leben Sie denn noch?« entfuhr es Herrn Tretebalg aus tiefstem Innern.

»Wie beliebt?« fragte der Doktor zerstreut und sah ernst nach der Uhr.

»Gottlob, danebengetroffen!« Tretebalg stammelte dankbar selig verwirrt. »Nichts, nichts! – Ich meine – ich dachte, Sie wären t-o-t.«

»Daß ich nicht wüßte«, bemerkte Herr Doktor Quilippi verbindlich. Tretebalg kam zu sich. »Meinen herzlichsten, allerherzlichsten Glückwunsch.« – »Danke! danke!« Der Jubilar wies dem Gast einen bequemen Stuhl an, und indem er sich selbst wieder auf seinen alten Arbeitsplatz begab, begann er: »Mein lieber Herr Nachbar, lassen Sie uns, ehe wir zum Essen gehen, hier nach alter quiozantolischer Sitte einen alten Drackfallqueribus trinken und eine echte Kakastimmbett dazu rauchen.«

Tretebalg war noch so froh erschüttert, daß er diese Fremdwörter nicht nur innerlich verzieh, sondern sogar dem Doktor gestand, wie er absolut nicht ahne, was sie bedeuteten.

»Was tut's?« sagte dieser freundlich. »Es beweist nur Ihre überlegene Ehrlichkeit, wenn Sie die von mir sinnlos und kompliziert erdachten Namen durch schlichtere,

näherliegende ersetzen. Das, was sie bezeichnen, verändert sich darum doch nicht, sondern bleibt eben ein selbst präparierter Getreidekümmel und ein anspruchsloser, von mir selbst erfundener Tabak aus Lindenblüten und pulverisierten Wespen.«

Tretebalg öffnete den Mund. Er schloß ihn wieder, weil der Doktor einschenkte, Pfeifen stopfte, Feuer reichte und herzlich aufs neue den Faden aufnahm: »Ich beschäftige mich ein wenig mit allerlei praktischen Arbeiten und Erfindungen und bin nicht so ganz der verknöcherte Büchermensch oder Theoretiker, für den Sie mich vielleicht – – «

»Im Gegenteil«, warf Tretebalg mit feierlicher Betonung ein.

»Und zum Beweise dafür«, fuhr der Doktor unter einer liebenswürdigen Verneigung fort, »möchte ich Ihnen hiermit« – (er öffnete ein Etui) – »diese Uhr verehren, die ich selber, nicht ohne mancherlei Schwierigkeiten und Vorstudien, hergestellt habe.«

Dem Wunderarzt ging es wie Glühen durchs Herz. »Aber Herr Doktor Quilippi! Das ist ja Silber! Da sind ja echte Diamanten darauf!«

»48 Stunden«, erwiderte der Doktor, der sich verhört hatte und über die Konstruktion nachsann. »Ich habe sie eben aufgezogen.«

Echte Tränen der Scham und der Reue tropften auf die Diamanten des Uhrdeckels.

Der Doktor wehrte, bescheiden nießend. »Aber lieber Kollege – –«

»Nein, Herr Doktor Quilippi, sagen Sie nicht Kollege zu mir; ich bin dessen nicht würdig – –«

»Nicht würdig?« rief der Doktor. »Was fällt Ihnen ein? Es wäre mir fatal, wenn Sie mich auf der Seite derer glaubten, welche Ihre bewährte, rein praktische Heilmethode – –«

»Und doch«, unterbrach Tretebalg, »und doch bin ich im Grunde nur ein Quacksalber.«

»Offen gestanden: Ich auch«, sagte der Doktor. »Aber eben deswegen müssen wir uns gegenseitig immer an unser Nichtswissen und Nichtskönnen erinnern und einig sein in gemeinsamer treuer Stümperei. Und in diesem Sinne wollte ich Ihnen diese Uhr –« (Tretebalg hatte sie schon eingesteckt) – »übergeben haben, als Zeichen meiner aufrichtigen Verehrung und als schlichtes Andenken an einen Kollegen, der älter und studierter als Sie und doch ebenso dumm war.«

»Ist – nicht wahr!« rief Tretebalg begeistert; denn er hatte einen Freund gefunden, er hatte in dem früher ihm verhaßten – –

»Ist oder war«, rief der Doktor hüstelnd, »wie schnell verwandelt sich das Eine in das Andere. Aber lassen Sie uns das jetzt nicht nahegehen. Sondern: Auf in den Garten zur Trüffelpastete!!«

Nach dem Worte »Trüffelpastete« fiel der Doktor hart vom Stuhl. Eine Kugel war ihm vom Fenster her in den Rücken gedrungen. »Das Herz!« schrie er, die Hand auf die Brust pressend.

Tretebalg warf sich – riß ihm die Weste – sagte: »Die Lunge!«

»Zwischen Herz und Lunge!« stöhnte der Doktor.

»Ja, aber mehr nach den Nieren zu.«

»Wer hat mir das getan?«

»Ja, wer konnte –?« Tretebalgen überlief ein unheimlicher Schauder. Welcher Zufall: Zwei Attentate hintereinander auf ein und denselben.

»Wer hat mir das getan?« wimmerte Quilippi.

»Ich diesmal nicht!« rief Tretebalg unwillkürlich. »Ich rufe Polizei.«

Der Doktor hielt ihn durch eine schwache Bewegung zurück. »Bleiben Sie, es geht zu Ende.«

»Keineswegs! Rühren Sie sich nicht; ich hole einen Arzt.«

»Nicht!« flehte Quilippi. »Sie sind mein bester Arzt. Ihre Erfolge –«

Tretebalg fand die Wunde und ließ Speichel hineinträufeln.

»Ah, das tut wohl«, sagte Quilippi matt lächelnd.

Der Naturarzt setzte sich nun mit seinem ganzen Gewicht auf die Wunde, um ein Verbluten zu verhindern. »Lache mal!« rief er dem Getroffenen zu, aber dieser hatte das Bewußtsein verloren.

Tretebalg rührte sich nicht. Nach sechs Stunden fing der Mann unter ihm zu phantasieren an. Tretebalg hörte jedoch nicht zu, sondern dachte in traurigster Zerknirschung an seine eigene Schlechtigkeit, an den gnädigen Ausgang seines abscheulichen Anschlages und den unbegreiflichen grausamen Zufall, der nun doch diese rührende, einfache Gelehrtengestalt hingestreckt hatte.

Denn nicht konnte Herr Tretebalg ahnen, daß er just in diesen Stunden auf einem der abgefeimtesten Lustmörder saß, der jetzt von drohenden Erinnerungen gepeinigt wurde, die jene silberne Uhr betrafen. Diese Uhr hatte Dr. Quilippi in perverser Mordlust so konstruiert und eingestellt, daß sie zwölf Stunden nach dem Geburtstagsschmause eine konzentrierte Ladung Nitroglyzerin zur Explosion bringen mußte.

Ich will ihm alles gestehen, sagte sich Tretebalg, kniff den Doktor prüfend in die Nase und erschrak über die Kälte.

Quilippi erwachte. »Wie spät ist es?« keuchte er wild.

»Es geht zu Ende«, sagte Tretebalg sanft, »deswegen möchte – «

»Hören Sie«, stammelte der Doktor und richtete sich mit Mühe etwas auf, »ich muß Ihnen –«

Der Naturarzt wehrte ab. »Nicht! Bleiben Sie liegen. Ich habe Ihnen etwas –«

Der Doktor winkte heftig. »Andermal! – Jetzt – die Uhr – – Hören Sie mich an –«

»Schweig! Lassen Sie mich reden!« drängte Tretebalg.

»Nein, ich muß reden –«

»Erst ich!«

Dr. Quilippi versuchte zu schreien. »Ich habe –«

»Ich habe«, überschrie ihn Tretebalg hastig, um den Satz zu Ende zu bringen, »auf Sie geschossen!«

Quilippi streckte sich. »Sie?? – Wie?? – – Sie?? – Um die Ecke herum??«

Da explodierte die Uhr.

... liner Roma ...

1.

– erfolgreichen Razzia vier Spielhöllen auszuheben und in der Motzstraße 296 die Eheleute Krusis zu verhaften, die dort gegen Eintrittsgeld eine Nacktvorstellung gaben.

Sie waren beide heißen Blutes trunken, auch von einem ausgesuchten Wein und von ungewöhnlichen Worten berauscht. Er rief sie Wiga, ohne ihren Nachnamen zu kennen. Aber spät morgens, als der Schlaf sie doch übermannte, betrachtete Gustav lange und nahe die Falten in Wigas Gesicht und das Tal zwischen ihren Brüsten und stand behutsam auf, um nackt und glücklich durch das Zimmer zu wandern. Er liebte den geheimnisvollen Modergeruch, der aus Gasthofkommoden strömt. Er las sieben Haarnadeln auf, die sich zwischen die Sofapolster verkriechen wollten. Und Wiga war wieder erwacht, denn sie sagte: »Wenn wir jetzt stürben, dann würde kein Mensch uns hier suchen.« Hierauf stieg auch sie aus dem Bett, hoch und schlank, und stellte sich hinter Gustaven und lugte mit ihm zum Fenster hinaus auf den Kleinstadtmarkt, der für andere Leute unansehnlich, nun überdies vom Regen verdüstert war. Und eine fast vergessene Stadt in weiter Ferne hieß Berlin.

2.

In einem Abteil der Ringbahn fand man eine angebohrte Zinnbüchse, die, wie festgestellt wurde, die Überreste des im April eingeäscherten Rennfahrers Zierbold enthielt und vermutlich von einem enttäuschten Dieb – –

»Eintreffe 2 Uhr nachts Lehrter Bahnhof, Henkelchen.« Selbstverständlich holen wir sie ab. Du, Gustav, wirst ihre Koffer tragen. Solche Provinzler fallen immer Kerlen in die Hände. »Was für Kerle?« Alberne Frage! Schwindlern! Kerle, die das Gepäck abnehmen und damit verschwinden. Oder die Fremden in ein nahes anständiges Hotel bringen wollen und sie dann per Auto meilenweit in eine Kaschemme verschleppen, wo der Schofför mit unter einer Decke spielt und ihnen noch 50 Mark abknöpft, ehe sie im Schlafe ausgeraubt und erwürgt werden. Man liest es doch täglich.

Die Leute an der Haltestelle messen einander mit kalt kalkulierenden Blicken, wie internationale Ringkämpfer am Start. Und wartend präparieren sie Tricks, die man noch soeben durchgehen läßt. Warten vergiftet. Eine rumpelnde Bahn nach der andern wächst heran, schrumpft davon, die 46, 107, nochmals die 107, zum Donnerwetter!, dreimal hintereinander die 107. Dann die richtige. Spitz strömt das Häuflein Nervöser in das Perrontor, wie Wasser in eine Gosse, siebt sich durch die Aussteigenden hinein, klemmt sich, preßt. Frau Purmann, von würdelosen Paketen umpuffert, rudert im dicksten Strudel mit Gesten einer Ertrinkenden, aber genau betrachtet: offensiv. Sie schimpft: Anfangs weinerlich, weil unbestimmt, allgemein über Empörendes, Unerhörtes, dann aber superior scharf über eine ungesicherte Hutnadel. Schimpft jedoch nur halblaut, denn Gustav, hinter ihr, wäre imstande zu kichern. Der Schaffner flucht rückwärts. Zurückbleibende knurren oder bellen dem überfüllten Wagen nach. Sozialistisch, wilhelminisch, anarchistisch. Daß er seiner grauhaarigen Gönnerin den Arm beim Aussteigen bietet, daß er den Hauptteil des sehnendehnenden kompromittierenden Gepäcks schleppt, versteht sich. Aber seine Grimasse faltet sich zunehmend ärgerlich, gleich einem Wurstzipfel. Und er keucht ihr hinterdrein durchs Gedränge, wie in einer Polonäse um Säulen herum. Schall und Rauch! Die alles zermalmenwollenden Autos tuten ohrenbetäubend und verpuffen ranzigen Buttergestank. Dabei haben die Schofföre rote, rüde, vergnügte Gesichter! – Frivol, unangreifbar, schadenfroh springt der Straßenschlamm ohne Unterschied alle Beine an. – Daß um diese Stunde vor der Passage ein Spalier von Zeitungsweibern betet: Abendzeitung, Ambdeitun ... Maria ... benedeit ... Amd ... eit ..., so was entgeht Elfchen.

Sie rennt vorwärts, streckenweise in einer Art hinkenden Galopps, nicht mehr Dame, kaum noch Mensch; schneidet eine Diagonale durch die Kurse der Fahrzeuge und Fußgänger, durch witzige Zänkereien, wunde Melodien, groteske Ansprachen von Händlern und Bettlern. Kopfschüttelnd, andauernd wiederholt: »Nur 5 Gramm Kartoffeln, und ich wäre glücklich!« – Alle Bettler heucheln. Aber einem davon schenkt Elfchen eine geborstene

Zigarre von Heinz. – Wer nur arbeiten wollte, Arbeit ist genug da. Das Wort ist unter friedfertigen Bürgern aktuell; es beruhigt das Gewissen und legitimiert auskömmlich eine politische Tendenz. Nur Nörgler oder Idealisten suchen mehr aus dem Satz herauszusophoristorieren. – Trunkenbolde rempeln an, Matrosen stechen freche Blicke in fremde Blusenausschnitte. Gemeine Bollemädchen beschimpfen sich ordinär vor einem Aschinger. – Oh, daß Elfchen einen langen Schwanz und an dessen Quaste ein drittes Auge hätte, um sich aus Distanz selber beobachten zu können, wie sie so blind brutal und häßlich dahinwütet. So kraxelten die Maikäfer durch meine Bleisoldaten. – Schauläden rufen an. Hier Hummer, Langusten, Ananas, Gänsebrüste, Blumenkohl, Trauben, indische Vasen mit Ingwer und große französische Birnen. So gefällig aneinandergehäuft, daß sattgespeiste Künstler es dankbar anstaunen, es aufsuchen wie eine Sezession. – Elfchens böse Blicke versengen sich an den Wucherpreisen. – Pompöse Blumenarrangements locken Ohs und Ahs heraus. Aber sie sind lange nicht so geschmackvoll wie in Bayern. – Man weiß, wie sparsam Elfchen einkauft. Sie ersteht ein Paar Schnürsenkel für eine Mark und spottbillige Schuhwichse und viele lieblichgelbe Keks für wenig schmutziges Papiergeld. Die Keks für Henkelchen. Man wird gemütlich einig schwatzen, ohne auf Widerspruch zu stoßen. Über Augsburg; wie ganz anders, unvergleichlich besser man in Augsburg lebte. – Vor geschminkten, auffallend behängten Frauenzimmern lacht Elfchen herausfordernd laut.

Gustav trägt einen der unzähligen revolutionären Teufel in sich, der immer heraus will, um im Wahne einer ob-

jektiven Gerechtigkeit zu protestieren, manifestieren, opponieren. Jetzt etwa zu rufen: Alle Straßenmädchen sind zunächst nett! Gustav gibt sich Mühe, den Teufel zurückzuhalten. Aber es verstimmt, wenn man unterdrückt, was heraus will. – Zu Hause wird Elfchen entdecken, daß die Wichse nichts taugt, daß die Schuhbänder wie Zwirn reißen. Das anspruchslose, rührende Henkelchen aber wird die Keks dankbar loben. Und zu Weihnachten wird Elfchen einem Kutscher Wichse und Schnürsenkel bescheren. Schenken und Geschenke nehmen, das ist eine Kunst, die … still, Teufel! – Alles ist Lug und Trug in Berlin. Zwischen »Hauptgewinn« und »50 000 Mark« übersieht sich das winzig gedruckte Wort »im Werte von«. Und die Waagschalen beim Kaufmann verstecken sich hinter Kisten, und die Wurst macht sich mit Wasser und der Kaffee macht sich mit Nägeln gewichtig. – Nächsten Sonntag darf

Gustav bei Purmanns Gänsebraten speisen. – Gerade, als er sich verabschieden will, am Haustor, wo steht »Nur für Herrschaften«, biegt Herr Binding um die Ecke. Einem Phrasenwechsel ist nicht mehr auszuweichen, Herr Binding wettert über eine unkomplizierte Neuigkeit, Gustav gerät wie immer vor ihm in dürftige Verlegenheit. Herrn Bindings nachweisbares Ebenmaß ist mit Purmanns Gold so elegant gerahmt. Und wo der Schöne schon zu erkannt ist, um noch durch weisheitsdunkle Schweigsamkeit oder gesetzte Haltung zu imponieren, da behauptet er sich schmeichelnd oder taktlos unverschämt. – Gustavs Wirtin, Frau Grätke, schimpft vor ihrem Gemüsekeller unflätig über die Hunde, die einen Rübenkorb zur Nachrichtenvermittlung benutzen. Die Hökerin geht nie aus, ist schneckenartig mit dem Hause Nr. 70 verwachsen. Aber durch Fenster, Zeitungen und Ladenklatsch fluten ihr die Lokal- und Weltereignisse vorüber. Für Frau Grätke ist Schimpfen etwas wie Schnupftabak. Andere schimpfen aus andern Gründen; manche, weil sie die Großstadt nicht vertragen oder nicht begreifen.

3.

Perserteppiche, alte Gebisse, Gold, Brillanten, Pfandscheine, Korken, Armeepistolen kauft oder tauscht gegen Lebensmittel – Isidor Rosenmilk, Spittelmarkt.

Das beschämende Trinkgeldwesen ist abgeschafft, dafür der obligatorische Aufschlag eingeführt. Aber vor Leuten, was sage ich, vor Baronen wie Kehlbaum schwänzeln die Kellner devoter denn je. Denn der pocht eisern jeden Samstag auf das Trinkgeldgeben wie auf seinen Stammsessel vis-à-vis dem »Für Damen« und auf Fürstenberg-Auslese. – Herr Blasewitz (Glatze, bauchglattglänzend) fragt Kehlbaums mitgebrachten Gast jovial: »Na, Herr Deeters, wie gefällt Ihnen Berlin?« Wenn man den Kopf wegläßt, sitzt Blasewitz da wie Napoleon nach der Schlacht bei Leipzig. Der Livländer erwidert nur mit einem glücklichen Lächeln und einer Geste, etwa: ach, klapp den Deckel drauf! Aber Kehlbaum schildert Deeters Debut und die Botschaftersgattin, die der Balte am ersten Tage im Café kennenlernte und die ihn in eine elegante und vergnügte Sozietät einführte. Daraus er tausend Jahre später blutig und mit verschwommenen Reminiszenzen, aber ohne Brieftasche erwachte. Kehlbaum nützt die Gelegenheit, von eigenen ersten Eindrücken zu berichten, von dem Denkmal am Schloß, das aussieht wie ein Bombenattentat, und wo hungrige Bestien über Bodengerümpel schreiten. Kehlbaum erzählt langsam, steif, zwischen schmollenden Lippen heraus. Wie er neben den adretten Noskitos, Noske-Soldaten, durch die Siegesallee marschierte, und wie sie und er so furchtbar erschraken über den gigantischen hölzernen Nußknacker Hindenburg. Und konnte sich dann gar nicht trennen von der Säule mit dem goldenen Engel im Unterrock. In Kehlbaums betriebsamem Stammlokal, in dieser Räucherkammer, gibt es außer Deeters keine Zuhörer. Der anständige expressionistische Maler Knauer verteidigt holprig seine unangegriffene Zukunft im Prinzip. Gustav atmet im Sinne einer nur halbseitigen politischen Polemik. Blasewitz redet jovial auf Edith ein, über schwach gesalzenen Kaviar, französische Küsse und Poularden von Le Lans. Edith raucht seine Ägypten, aber antwortet nicht, und niemand außer ihm spricht mit ihr. Aber wäre Edith nicht zugegen, jedermann würde das ansehnliche, treuherzige und trinkfeste Mädchen vermissen. »Wo steckt heute Noktavian?« – In der Lüderitzbucht; er knüpft Beziehungen an. – In den Strom Fürstenbergauslese münden Bäche erklügelter Schnapsmischungen. »Was soll werden, wenn die Quelle Fürstenberg einmal versiegt?« Vielleicht kommt es mit dem Staatsbankrott. – Jedermann, auch Noktavian, der bei Aufbruch erst eintrifft, will die Zeche bezahlen; Gustav, weil er weiß, daß letzten Endes doch Kehlbaum oder Blasewitz das erledigen werden; Deeters, den armen Kunstmaler, hat sein Stipendium aus Kopenhagen mit dänischem Gelde herübergeschickt, und die Valuta machte ihn auf dem Grenzfaden zum reichen Mann. – Man torkelt weiter, im Berliner Größenwahn neigen sich verschrobene Stirnen, grüßen Hüte, die einmal in München (oder war es in Paris?) ebenso flüchtig und geheimniseinig zuwinkten. Man gerät nach Polizeistunde in verbotene Bars, die nur eingeweihten Gentlemännern sich nach Geheimsignal auftun und wo tanzende Nacktissen – siedende Musik – einem unvermerkt teuren schlechten Sekt einflößen. Denn das geknechtete Berlin schlemmt und tanzt, wie man in Paris tanzte vor dem Geköpftwerden. Die Bürger schmunzeln sich morgens über Pulte hinweg zu: »Die Mark ist wieder gesunken; wir treiben rapid dem Abgrund zu! Schönes Wetter!« – Wie begeistert weiß Deeters Berlin zu rühmen. Manchmal versagen ihm plötzlich die Worte. Aber dann, viel anschaulicher vollendet er den Satz durch eine gewisse gewinnende Handbewegung, annähernd so, als striche er fein sanft ein Stäubchen vom Tisch. – Fürstenberg-Auslese mündet in ein tosendes Meer. Deeters und Gustav fanden sich, küßten sich, reden sich fortan mit Du an. – Noktavian ist nüchtern zu einer sicherlich vorgenommenen Zeit entwichen. Vermutlich wird er noch mit Lupe, Riesenbrille und Fingerspitze auf der Landkarte nach Spanien reisen oder lesend einen Schiffsjungen nach Britisch-Honduras begleiten – »Knauer, streiten wir nicht! Du baust dein Leben in Überzeugungen, ich das meinige in Zweifeln auf.« – Aber Knauer fällt vom Omnibus. Deeters und Gustav springen ab, vergessen Knauern, fallen umschlungen immer wieder in Schneehaufen und schwärmen, sich wieder aufrichtend, umschlungen weiter von 1001 Nächten der Tauentzienstraße. Der baltische Hüne packt vorübergehende Männer am Arm und fragt seinen neuen Freund: »Gustav Gastein, soll ich den (oder die) für dich verprügeln?« Nein, danke, laß den harmlosen Soldaten, er hat uns doch nichts getan. Aber Deeters schüttelt erst nochmals sein Opfer. »Du?! Wenn du ein Wort gegen meinen Freund

Gastein sagst, dann –« Weit zurück folgt steif, mit langsamen Schritten, nörgelnd, Kehlbaum. Seitdem ihm zweimal ein silbernes Etui aus der linken Manteltasche gestohlen wurde, trägt er in der gleichen Tasche neben dem dritten Etui eine gespannte Rattenfalle. Überhaupt ist er etwas mißtrauisch. Er hat aber das andere Mißtrauen, das der freigebigen, zu oft ausgenützten Menschen, nicht das der berechnenden Geizhälse.

4.

– kürzlich vermeldete Attentat Unter den Linden mit bolschewistischen Umtriebeben im Zusammenhang –

»Ich schenke sie dir!« Hat er in Deeters Ohr geflüstert, als er die keck überrumpelte Nuscha vom Nebentisch heranschleppte. Frech für andere, so wurde ihm schon mancher Erfolg. – Einfach fragen sie das Mädchen aus. Tippmamsell in einer Firma für Wohnungseinrichtungen. Der Chef hat sie aus Ostpreußen hergelockt, ihr den wohlbezahlten Posten verschafft, hat das staunende Kind zunächst einmal städtisch eingepellt: Eine Modegarnitur für zwei Mille. Nun trägt die Eigensinnige zu dem täglichen bordeauxseidenen Kleide doch hartnäckig ihre alte schmutzwollige – meinetwegen kleidsame – Dorfmütze. Dr. Mulatti will sie doch später heiraten, soll sie heiraten. Denn er ist ihren Eltern befreundet, sendet wöchentlich Berichte nach dem Bauerngut, und die Antwort ist immer Butter und Speck. – Nuscha ahnt nicht, wieviel sie einmal von den Eltern mitkriegt, und die Eltern ahnen wohl nicht, welchen Reichtum ihre Siebzehnjährige besitzt. – Nuscha, wir sind nur simple arme Künstler, besonders ich, (Gustav spricht leiser) mein Freund wird einmal ein berühmter Maler. Oh, er ist ein lieber urgoldiger Kerl, (wieder laut) hohe, reichere Kavaliere werden sich an dich heranpirschen; gib reiflich acht, ob du nicht manches Gute, auch manches Bessere bei uns findest. – Nuscha füllt ihre Bureaustellung aus. Sie verabscheut ihren Chef, den Mulatten. Ihr gefällt Berlin. – Nach Geschäftsschluß speist sie zwischen Gustav und Deeters Gulasch zu vier Mark. Dort gibt es sogar noch weiße friedensmehlerne Schrippen, trotz Polizeiverbot. – Der Stacheldraht und die Polizeivorschriften wuchern derzeit. Aber Gewohnheit schwimmt wie ein Fischlein zwischen Korallen, und die Exekutive ist Knetgummi in goldenen Fingern. – Nusch, warum ließest du damals, ehe ich dir Zeichen gab, den älteren soliden Herrn abblitzen, der sich zu dir setzte? – Nuscha kaut mit schamlosem Appetit. »Weil er mir Geld anbot!« Bald unterläßt es Gustav, seinen Freund noch unauffällig herauszustreichen. Sie liebt ihn schon, den starken, trotzäugigen Balten, der so zart, fast ehrfürchtig über Frauen denkt, liebt ihn mit all seinen Ungeschicklichkeiten und seinem ungekämmten Haar. Vielleicht sogar fühlte sie längst heraus, daß er eigentlich in der Fremde treu verheiratet ist. – Deeters und Gustav äugeln sich zu: »Welch ein Mädchen! Welch ein seltener Fang!« – Still, weder langweilig noch gelangweilt, lauscht sie, wenn die beiden eine Stunde lang mit wenig Worten oder ohne Worte reden. Über die deutscheste Stadt: Russisch-Riga. Oder über das schmarotzende Straßenvolk in dem

schmählich weltverhaßten Berlin. – Sie legen verkrüppelte Beine über das Trottoir, und die Luft trägt ihre Gesänge wie lampiongeschmückte Ruderbarken dahin. Sie fiedeln, leiern oder würgen die Ziehharmonika; singen schöngeistig oder kläglich oder idiotisch. Jeder auf seine Art, eingestimmt, die kriegsverhärteten Herzen zu schmelzen. Und singen sie von der Festung Köln am Rhein, dann fallen ihre Geschwister summend mit ein, die Ohr verbrühenden Zeitungsschreier, die halbwüchsigen Schokoladeverkäufer, Seife, Zigaretten, die Streichholzkinder, die weißglutigen, schlangenhaft bannenden Dirnen. Alles, was an der Ecke und unterm Tunnel herumlauert. – Gustav erfindet allerhand Blödsinn. Wenn Nuscha lacht, macht sie erst den Mund ganz weit auf, wie ein Karpfen, dann, zwei Sekunden lang, überlegt und begreift sie das Spaßige, und dann folgt ein schmetterndes Silberlachen. – Das bordeauxfarbene Faltenspiel, die Strümpfe... bitte, Nuscha, steig mal auf den Stuhl. – Sie gibt Gustav einen Stüber: »Nein, du willst nur meine Beine sehen.« Warum auch nicht. Er weist durchs Fenster. Guck dir einmal die Straße auf Beine an. So wunderbar zeigt sich die Welt den Hunden. Nimm es lustig oder geil oder lärmend: jede Teilbetrachtung überrascht und belehrt. Die Wissenschaft und die Statistik bedienen sich ihrer. Auch die Propaganda. Dann lassen die großen Geschäftshäuser abends ihre Schwärme von Briefen los, die beispielsweise alle nur zu den verstreuten Berliner Rechtsanwälten hinfliegen. So läßt sich eine bunte Wiese nur auf rote Nelken hin betrachten; so magst du auf einer Perlstickerei nur blau bemerken. – Ungefragt wird Nuscha nie aus ihrem eignen

Leben berichten. Etwa von ihrem Geschäft, wo doch die Kauflust parallel und verträglich mit der Preissteigerung ins Unermeßliche wächst. Denn die Leute hasten danach, ihr Geld in Möbeln, Brillanten, Autographen oder im Bauch vor Besteuerung und Wegnahme zu schützen. Deeters weiß keine bloßen Höflichkeiten zu sagen. Doch innig beachtet er die Kühle an Nuschas Haut und Wesen und das Erwachen in ihr, Raffinement, Fraueninstinkt, Kampf. – Gustav führt seine Freunde zu einer Entdeckung. Am Zoo ist eine Stelle. Da fährt die dunkelqualmende Stadtbahn über den menschensaugenden Viadukt. Fährt mitten in ein fünfstöckiges Mietshaus hinein, hindurch und an einer düsteren fensterlosen Häuserwand entlang, die riesig und seltsam gegen den Himmel absticht, der eigentlich zwielichtgrau und von sturmflüchtigen Regenwolken bedeckt sein muß. Damit das Bild heiße: »Großstadtelend!« – Unter dem Viadukt geigt jemand auf einer Metallsaite, die sich über Besenstiel und Zigarrenkiste spannt. Es tönt wie Cello. Er spielt und singt: »Das Band zerrissen und du bist frei...« Kehlbaum soll einmal nach dem Liede geschossen haben. – Deeters und Nuscha Arm in Arm, Gustav umschwatzt sie. Denn das Gefühl für solche warme Dreisamkeit beherrscht ihn wie ein Rausch. Aber minutenlang vergißt er sie doch. Weil ein schmaler weißer Spitzenstreif unter nachtschwarzem Sammet hervorschimmert und wirkt auf Gustavs Blut wie Mondschein auf Ebbe und Flut. – Gustav, Nuscha, Deeters. Es fällt ihnen gar nicht ein, über das Gedränge in der Friedrichstraße zu schelten oder der trotzigen Schieberbarone zu spotten, und sie umgehen in heiterem Bogen zwei hitzig verhandelnde Juden, die den Weg versperren. Unterschiedliche Eindrücke aus dem von Zufall, Ort und Stunde gefärbten Menschengewoge bleiben an den drei Wanderern hängen. Es scheint, als ob der Siebzehnjährigen nichts entginge, obwohl sie niemals Erstaunen äußert. Später in der Hochbahn spricht Deeters eine Beobachtung aus, ungelenk, mit kargen Worten. Die strengen, düster zurückhaltenden Blicke der Deutschen fielen ihm auf. Er sagt: Es ist doch unbegreiflich schauerlich, daß all die Menschen soviel entbehren müssen, was anderwärts... Hör mal Deeters, wenn du heute abend mit Nuscha zu den Boxern gehst, dann bleibe ich lieber zu Hause. Ich muß Briefe beantworten, eine Frau von Sidow bietet mir eine Aupairstellung auf dem Lande an. Ich müßte im Garten mit zugreifen und... Deeters winkt heftig ab. Du kommst auf jeden Fall mit uns.

5.

Cabaret »Rosiger Kürbis«, Fasanenstraße, Treffpunkt der eleganten Lebewelt, Austern, Sekt, erstklassige Weine, tadellose Bedienung, diskrete Musik, hochkünstlerische Darbietungen: Bia Tartuffe (Gazetänze), Fedora Sill (Lieder einer Verseuchten), Bläschens Revoluzzerhüpfl (urkomisch).

Selbst überfleißige Vorgesetzte dürfen von Untergebenen keinen Überfleiß verlangen. Und mürrisches Wesen läßt sich durch Arbeitsüberfülle erklären, aber nicht entschuldigen. Doch wie sollten Leute das einsehen, die nach der alltäglichen Arbeit ohne Buch und ohne ungelöste Frage schlafen gehen. Leute, die keine herbe Freundschaft ertragen, also nur mit Lohndienern verkehren. – Der Frau Purmann laufen alle Dienstmädchen davon. Unzuverlässiges, anspruchsvolles, undankbares Pack. So hält Elfchen die große Wohnung und den komfortablen Haushalt eigenhändig in mustergültiger Ordnung, hantiert geschickt, nervös und emsig von früh bis spät herum. – Heinz Purmann, Immobilien und Hypotheken. Hochkonjunktur. Häuser werden jetzt unbesehen telephonisch gekauft, und der Chef: »Mein armer Mann arbeitet sich zuschanden. Er ist so gut. Und er gönnt sich nicht ...« Nein, er gönnt sich nie die Zeit, um auch nur einmal nachzuprüfen: Was tust du? Wie? Wozu? Was tun andere? Ist der Vorteil des einen etwa der Nachteil des andern? Ließe sich das innere Gewissen vielleicht nach dem äußeren Erfolg bemessen? – Es stünde einem abhängigen Dichterling übel an, seine um 30 Jahre älteren Mäzene belehren oder tadeln zu wollen. – Als Elfchen Gustav öffnet, prüft sie gleich seinen Anzug, bürstet seinen Rücken ab. Denn außer Henkelchen ist noch ein altes Frauchen zu Besuch erschienen. Gustav streicht sich vorm Spiegel die Haare glatt, was einem Versprechen gleicht, sich recht unkünstlerisch, recht solid und bescheiden zu geben. Welche Zeit! Dieses Berlin! Wo sind die alten Handwerker hin, die treuen Briefträger, die freundlichen Schaffner! Täglich Einbrüche, Mord und Totschlag! Keinem Herrn fällt es mehr ein, seinen Platz einer Dame zu überlassen. Und ein Gesindel treibt sich umher! Am schamlosesten treiben es die Weiber! Aber gar erst damals, als die Menschen gegen Menschen rasten und soviel Un-

schuldige getötet wurden –, Elfchen hat während der ganzen grauenhaften Kämpfe stundenlang ganz verlassen allein in der großen einsamen unbewachten Wohnung gesessen und bei jedem Schuß gezittert und stundenlang geweint. Sie weint jetzt in Erinnerung dessen wieder. – Ach, Heinz ließ sich ja nicht vom Geschäft zurückhalten. Er hat kein Verständnis. Kann so lieblos sein, kümmert sich tagelang nicht um sie. Fragt nie: Hast du Kopfweh, Halsschmerzen, Leibschmerzen, Migräne, Fußleiden, Gelenkentzündung, Sehnenerweiterung, Gerstenkörner? – Und nun tröpfelt der Honig... Kunsthonig... hernieder, der Elfchens armseliges bitteres Leben versüßt, für den sie lebt. »Ach, liebstes Elfchen, das halten Ihre Nerven nicht aus. Sie müssen ein paar Wochen nach Tirol.« – – Ich kann ja nicht. Wer soll denn für Heinz sorgen? Er ist ja wie ein Kind und rackert sich ab wie ein Lastpferd. Und ist so dankbar. Freilich sehr verwöhnt... – »Nein, wie Sie es nur möglich machen, Frau Elfchen!« – »An alles denken Sie, trotz der Hüftschmerzen. Und immer rührend besorgt, andere zu erfreuen. Da mag Ihr Pflegebefohlener, Herr Gastein, sich wohl verwöhnen lassen!« – Herr Gastein erwacht bestätigend. Er hatte darüber nachgesonnen, ob sechs Liter dünnen Kaffees in drei Weiberbäuchen beim Gehen ein plätscherndes Geräusch erzeugen. – Die Danaergeschenke für die scheidenden Gäste stehen bereit. Selbstgebackenes und ein paar Kragen, die dem Heinz zu eng sind, aber für den Bräutigam von der Schwester von Henkelchens Obsthändlerin immerhin... Elfchen holt vielgereiste Packpapiere hervor und zieht eine Schublade auf, darin tausend oftbewährte Schnürchen und Bindfäden

unheilbare Darmverschlingung spielen. – Spät kehrt im Pelzmantel Herr Purmann stattlich heim, grüßt Gustav königlich herzlich, läßt sich müde von Elfchen ein Bad herrichten und zwei Mitesser aus der Nase drücken, ißt wortkarg von der auserlesenen Abendmahlzeit und nicht wenig überzeugt, als Gustav anfängt zu berichten, was er für neue Schritte unternommen habe. Um endlich einmal eine feste Anstellung, irgendeine anständige, geregelte Tätigkeit zu erlangen, denn das Dichten mag ja nebenbei recht... Elfchen legt ein großes Wort für Gustav ein, Herr Purmann entnimmt seiner blühenden Brieftasche eine königliche Kleinigkeit und ist so taktvoll, sein Gute Nacht möglichst heiter zu wünschen. Denn innerlich sinkt seine Achtung, sowie sein Mitleid aufsteigt. – Während er badet, traktiert Elfchen Gustav mit Süßwein und Schokolade und kaut. Und schon lockert sich in Gustav viel angesammelter verhärteter Groll. Und weil Gütiges Gustaven geschwätzig macht, fängt er an, kindlichen Unsinn zu reden, auf den sie lachend eingeht. Das ist ihm die aufrichtigste Manier, sich mit ihr zu unterhalten. – Wie aus Treibhausluft tritt er ins Freie – es übermannt ihn wieder tieftraurig, daß er diesen nächststehenden Menschen gegenüber seine reinsten Gedanken in graue Lügen kleiden muß. – Wie sonderbar: Die waren einmal jung. Wenn Frau Purmann ahnte, wie ihr heute der Kosename Elfchen steht.

6.

Zu dem Artikel »Menschenfleisch in Ziegenleberwurst« erfahren wir von zuständiger Seite – – –

»War es schön, Deeters? Habt ihr das Hotel gefunden?« – »Ach, wunderschön! Sehr schön! Obwohl es zu nichts gekommen ist. Das braucht's ja auch gar nicht. Wahrhaftig ein eigenartiges Weib! Dann ist sie plötzlich ganz Kind. Und ich weiß nicht: vielleicht bin ich ihr nur ein Spielzeug.« – Pünktlich hinter einer Riesenbrille nahen sich Noktavian und Nuscha. Sie kehren von einer Weltreise zurück. Noktavian berichtet. Erst waren wir in Babylonien, Ägypten, Griechenland. Dann wandelten wir unter Palmen. Dann betätschelten wir das spiegelglatte nasse Zwergnilpferd. Dann schlichen wir ehrfürchtig auf den Zehen durch einen Lesesaal der Wissenschaft. Stärkten uns in China an Teegebäck. Guckten durch Bullaugen zum Nordpol herum den Pinguinen zu. Und nun... »Ja, nun seid ihr am Strande des Potsdamer Platzes.« – Genießen teure Schnäpse, das heißt, Noktavian darf seiner Zahnschmerzen wegen nur ein Stück Torte genießen. – Das Meer vor ihnen flutet und tutet, rattert und knattert. – Autoreifen, Bahnpuffer, Pferdenasen und Deichseln greifen ineinander wie Zahnräder. Eine uralte Dame bittet einen Schutzmann, sie nach dem andern Ufer zu geleiten. – Weißt du, Noktavian, diese Polizisten, das sind die Lotsen des Potsdamer Platzes. – Gustav weiß, daß seine maritimen Vergleiche dem Freunde Vergnügen bereiten. – »Ja, Gustav, du wirst doch ewig der alte Hochseematrose bleiben. So mag ich dich leiden. Und schau, Nuscha, diese alte Dame war eine von den Mumien, die wir vorhin nicht betasten durften. Gewiß hat irgend jemand sie gekitzelt; da wachte sie auf und entsprang.« – Nuscha öffnet den Mund ganz weit, karpfenartig, sinnt zwei Sekunden lang, und dann gellt ein silberhelles Lachen. – Wir reisen weiter. In diesem Erdteil wird ewig ein unerforschtes Inneres bleiben. Noktavian proponiert ein Programm. Gustav unterbricht ihn: Nuscha, willst du dich einmal im Durchschnitt als Fleisch, Sehnen und Knochen betrachten? Oder irgendwo nebenan Frau Hempel singen hören? Man kann in Berlin auch im Sommer Schlittschuh laufen, und es gibt ein Lokal, wo ein Hummer 1000 Mark kostet. Und es gibt Leute, die dort hingehen, bloß um anzuschauen, wie Parvenus solche Hummer essen. Oder willst du auf einem Rummelplatz als Weihnachtsengel mit zehn dankbaren Kindern schwindlig durch die Lüfte quietschen? Oder reizt es dich, die Wand anzustaunen, hinter der unser Präsident schläft? Deeters stammelt: »Lassen wir uns doch vom Zufall treiben! – Erst mal irgendwo ein ordentliches

Mittagbrot essen...« – Ja, ordentlich essen, und wollen uns einmal vorsätzlich und bewußt ein wenig betrügen lassen. Noktavian verabschiedet sich; er hat noch mancherlei vor. – Was hat er denn noch Geheimnisvolles vor? – Vielleicht noch eine Reise nach Transnubien. Vielleicht will er dort Beziehungen anknüpfen. Er begeht nie eine Torheit. Er tut und sagt nur, was er zuvor exakt erwogen und gerichtet hat. Daß er sich von solcher Lebensweise Gewinn verspricht, das könnte das einzige Naive an ihm sein. Aber niemand versteht entzückender als er, zu erzählen und Erzählungen zu lauschen. Alle neuen Frauen verlieben sich für einige Zeit in ihn. – Die Untergrundbahn reißt den Dreibund mit sich fort. Dächer unter ihnen, Keller über ihnen, stelle dir vor, wie bei einer Entgleisung Hirn verspritzt. – Auf einem Umsteigeperron sehen sie sich das Miterlebte von außen an. Wie die eckige Gliederschlange herangleitet, stoppt, steht, Türen aufschlägt und wimmelnde Vielheit entlädt. So rieseln Korinthen aus gespaltenem Faß. – Gefällt uns das Meer, gefällt uns die Woge. Des wird man nicht müde: in die Massen zu staunen. Hätte es Nuscha vordem nicht verstanden, dort, derzeit mochte sie es lernen. Und nicht die tausend Menschen mit Auswüchsen und Einwüchsen füllen Berlin, sondern die Millionen, die durch alle Siebe fallen. – Sie wundert sich nicht, das rätselhafte Bauernkind. Sie nimmt auf, paßt sich unheimlich rasch an. Einmal stieg auch in Gustav ein Mißtrauen auf. Sie wußte, was eine Nutte bedeutet. Wovon nahm sie diesen üblen Fachausdruck der Dirnen? – Stadt ist Fels. Würmer nagten Löcher und Gänge hinein. Aber an aufgerissenen Baustellen, an den Wunden der

Stadt und in den Oasen der Straße, den Raseninseln, wo Wallwurz und Löwenzahn wuchern, dort offenbart es sich, daß unter dem Stein noch Erde, feuchte Erde dünstet. Kalt und starr blickt die Stadt einem vorbei. Aber liegt ein blutiger Leichnam quer über die Schienen oder bei eines Schaffners Witz über einen Lehrjungen, der mit einem roten Farbtopf hinpurzelt... gelegentlich spürt man, daß unterm Asphalt das Herz der Großstadt schlägt. Leute wie

Heinz und Elfchen, zart besaitete, würden allerdings weitergehen: Ein Leichnam? Komm weiter! Ich kann so was nicht ansehen. – Sie schwimmen in der hilflosen Weite neuer Straßen, lassen sich von winkligen Felsspalten verschlingen, schauen über Geländer in Tiefen, steigen Stufen, schreiten unter Brücken durch, um Pfeiler und Streben herum. Die Wonne erfaßt sie, mit der Kinder im Wirrwarr eines Baugerüstes klettern. Jetzt, Nuscha, werden wir uns noch wie Bücherwürmer durch ein für Kinder illustriertes Reallexikon winden, durchs Warenhaus. Du wirst noch alles haben wollen. Wir sind darüber hinweg. Abends wählen wir zwischen dem Theater in der Königgrätzer Straße und einem Kinofilm »Zur Dirne um ein Diadem«. – Nuscha kaut auf offener Straße Äpfel und schweigt. »Recht so, Nuscha: die alten Purmanns leben satt und bequem und haben, sieht man vom Gähnen ab, ihr Leben lang nie philosophiert.«

7.

– – Mordkommission stellte Raubmord fest und beschlagnahmte einen Regenschirm und einen Handkoffer, der modernstes Einbrecherwerkzeug enthielt. Eine Belohnung von 10 000 Mark ist – –

Frau Grätke hat eben sein Bett geglättet, das genau ein Viertel des Zimmers einnimmt, da bricht Besuch herein. Gussi Feridell, Rostock, Warnemünde, einst tägliche, jetzt auswärtige Freundin, eine Kunstgewerblerin, die nicht mehr leidet, seit ihre drolligen Kaffeewärmer reißenden Absatz finden. Sie stellt ihre Berliner Freundin vor, ein Fräulein Anna von Camphusen. Auf der Durchreise begriffen, wird Gussi fünf Tage bei Camphusens wohnen. – Wollen gnädiges Fräulein bitte dort auf den weichen Stuhl ... der weiche Stuhl ist Herrn Gasteins Salon. Gussi erhält den hölzernen, dreiachtelbeinigen, und Gustav selbst will auf dem Bibliotheks- und Speisesaal, nämlich einer großen Palminkiste Platz nehmen. Aber es gelingt nicht. Erst müssen die Damen noch für eine Minute das Zimmer verlassen, damit er den Tisch umdrehen kann. – Feridell spricht noch wie die Luftbläschen in dem Aquarium am Zoo. Wie es ihm ginge? – Gut? – Na, na! – Ob er fleißig schaffe ... Sie hat mit Anna Einkäufe besorgt ... Berlin ist gar nicht wiederzuerkennen ... Um 12 Uhr wird Mutter Camphusen beide mit eigener Equipage abholen. Auch Gustav soll mitfahren. Er ist zu Tisch zu Fabrikbesitzers geladen. – Ob er noch immer keine Frau gefunden habe. – Er scherzt verlegen. Das schmutzige Handtuch und zwei Aktstudien von Pfenniger lasten auf seinem Gemüt. Und nun bedenkt er noch die selbstgewaschenen Halsbinden am Bindfaden hinter dem Ofen. – Warum sie so braun wären? – Ja, er hat Malheur gehabt. Er hat sie zusammen mit Taschentüchern und braunen Strümpfen in Sodalauge gekocht. – Merkwürdig, Fräulein von Camphusen lacht kaum. Auch nicht über seine Winterfliege, Musca Kehlbaumi, nach einem Freunde benannt, der sie dressieren will. Aber einen hochmütigen oder prüden Eindruck macht Anna eigentlich nicht. Sie scheint mehr verdutzt ... Vielleicht weltfremd. – Ob das Licht den ganzen Tag über brenne? (Sollte ihr das elektrische Licht imponieren?) – Ja, den ganzen Tag. Es gibt viele Wohnungen in Berlin, die jahraus, jahrein niemals Tageslicht, geschweige denn Sonne haben. Und wenn ihre Bewohner sich sonntags mit einem Buch in den Tiergarten setzen, dann haben sie Rivieragefühle. – Er läßt sie aus dem Parterrefenster in den Hof blicken, den er so lieb hat, obwohl es eigentlich nur ein steinerner, verrußter Kamin ist. Aber aus dem Nachbarhofe ragen zwei Kastanienäste herüber, der eine über Fensterhöhe; der spielt, wenn ein Lüftchen weht, mit tausend grünen Fingern auf unsichtbaren Klavieren. Den unteren Ast schützt eine Planke vorm Wind. Seine gespreizten, geschichteten Blätter nehmen sich aus wie ein Teppichmuster, das in die dritte Dimension spukt. Manchmal nachmittags stellen sich fremde, große Frauen in den Hof und singen ganz laut, ohne sich zu genieren, das Lied: »Das Band zerrissen und du bist frei«, dann wirft man Geldstücke in Papier gewickelt in den Hof hinunter. – All das scheint Fräulein von Camphusen gar nicht zu rühren. – In Gustavs Flucht von einem Zimmer verirrt man sich nicht. – Frau Purmann hat einen großen Öldruck hineingestiftet, die bekannte Reiterstatue, deren Namen man stets vergißt. Midships im Zimmer steht der Kleiderschrank. Öffnet man dessen Tür, so werden aus Gustavs einem Zimmer zwei Zimmer. – Hohe gediegene Stiefel trägt Anna von Camphusen, sie schmiegen sich glatt und sauber um die runden Beine. – Was für Beine! So gediegene Beine! Aber sie könnte jetzt doch einmal ein gutes Wort finden. Plötzlich träumt er von einem gebatikten Lampenbehang, der an die aufregende bunte Bühne auf einem Bilde von Weißgerber erinnert. –

Gussi fragt treulich: »Weißt du noch, wie wir morgens auf der Anlegebrücke frühstückten?« – Genau weiß ich's. Wir legten die Butterbrotpapiere auf die Mole nieder, neugierig, was der Wind mit ihnen anstellen würde. Manche trotzten. Andere überschlugen sich zweimal und schliefen dann ein. Wieder andere glitten schwankend, stockend vorwärts wie eine landende Krähe oder wie ein windentführter Regenschirm. Und jenes eine, das nach langer Bedenkzeit auf einmal unaufhaltsam davonrutschte und einem weißbehosten Popo glich, und darauf nun das kleine, zerknautschte Papier eifersüchtig hinterdrein kullerte... was haben wir gelacht? Daß die wichtigen Zollbeamten über uns und wir wieder über die Zollbeamten lachen mußten. – Auf Frau Grätke und die Nachbarn wird die Equipage aber ihre Wirkung nicht verfehlen. Für Gustaven ist es dieserzeit keine stolze Wonne, durch Volk zu fahren. Er späht auch nicht etwa nach Bekannten aus, die ihn zufällig bemerken und dann weiterberichten möchten. Außerdem weiß der städtische verkünstelte Geschmack Ledergeruch und Kommißstiefel überhaupt nicht richtig zu würdigen. – Auch Frau von Camphusen hat bei aller Liebenswürdigkeit jene sonderbare Zurückhaltung an sich. Die Villa ist im Vorort gelegen, hat Einfahrt, Vestibül und Etagen mit vielen Spezialräumen. Aber die Bilder an den hohen Wänden weichen den Blicken aus. Der auserlesene Wein macht Gustav redefroh, bis er gewahrt, daß Gussi und Anna seine wachsende Freimütigkeit besorgt verfolgen. – Einmal, als der sympathische alte Herr Gustav zutrinkt, »es freue ihn stets, wenn ein Vaterlandsverteidiger sich in seinem Hause wohl fühlt…«, geht ein warmer Hauch durch den Speisesaal. Aber Gustav hat Schnupfen und vergaß sein Schnupftuch. Und ins Gästebuch, das man ihm vorlegte, schrieb er endlich: »Das Leben…« (»ist« wäre schon bedenklich viel behauptet). – Nun fragen sie ihn, was das heißen soll. Camphusens tun recht daran, so geradeaus zu leben und zu fragen. – In seiner Bude, die ihm untertan und vertraut ist, legt Gustav den steifen Kragen ab und vergräbt sich behaglich geborgen in sein Bett. Wenn er hustet, brummt ein Geist in der Matratze mit. – Der Wasserhahn überm Waschtisch hält nicht dicht. Der Gummi taugt nichts. Deutschland ist ja heruntergekommen. Nun tropft es die ganze Nacht hindurch tropf… tropf…, als ob jemand im Hofe Teppiche klopfe. Oder, wenn man noch fester andreht, als ob draußen jemand vorbeiginge, der zum Bahnhof will. Und schließt man mit äußerster Kraft, dann wird es ein Schutzmann, der auf und ab geht. – Alle äußeren Sorgen zerfielen mit eins, wenn sie seine Frau würde; in Ruhe könnte er schreiben und Gutes tun und sie glücklich machen. – Wieder fällt ihm der Lampenschirm ein und eine kluge, nebenbei (sehr, sehr nebenbei) auch wohlhabende Frau, die alles versteht, der man alles sagen kann. – Am Freitag wird Gustav die Anna und die Gussi spazieren führen. Wird es auch mit ihr so werden, wie es mit den andern war? Daß sie in einer weichen Stunde dann seufzt: »Könnte ich dir doch etwas sein!« Und dann vollzieht sich allmählich kältend, stetig, das Durchschauen. Sie hat nie einen eigenen Gedanken, nie eine Überraschung. Oder ist sie nur Weib. Oder unordentlich. – Das Durchschauen möglichst hinauszuschieben, darauf käme es vielleicht an. Jenes reizvolle Fremdsein genießen wie wunderstarre, kalte Sternennacht.

8.

– – zusammengebundene Leichen, die gestern aus der Spree gelandet wurden, die Zwergin Kosanko aus der Skalitzerstraße 210 und der wegen Sittlichkeitsverbrechen mehrfach vorbestrafte Rechnungsrat B. rekognosziert.

Mein Privatehrenbürger von Berlin, deine Billigung, der ich sicher war, bringt mich wieder in Form. Denn Purmanns hatten mich im Mörser ihrer Geringschätzung mit dem Vorwurf der Unbeständigkeit total zermürbt. Dabei ahnte Elfchen nicht, daß ich außer den Fett- und Sahnetöpfen sogar noch eine reiche Bauerswitwe ausgeschlagen hatte, die Gutspächterin. Was brauchen unsere Frauen von unserer Kunst zu verstehen. Deeters? – Ich ließ mich von der blanken Bäuerin in die Schweineställe einführen, wo es zur Fütterung klingt wie tausendfältig Rülpsen nach Kakao. In Kuhdurft und Sonne schmolz das Nikotin, wurden die Nerven sanft, und ich lachte in der Hängematte über die kinoartigen Bewegungen der Hühner. Eine Sau schlief im Hof. Die Fliegen hatten ihr blutige Wunden hinter die Ohren eingefressen. Ein kühnes Küken sprang auf die Sau und pickte die Fliegen weg; ich habe gezählt: In einer Minute 72 Fliegen, also in der Stunde 4320, also im Jahre?! – Nachts, denn dort stieg man durchs Fenster aus und ein, besuchten wir das Birr-Grab in der Heide. Denn dort gibt es Mondenschein und Rehe und Sturm. – Wir sind auch Boot gefahren. Und dabei habe ich das einzige tiefere Erlebnis gehabt. Nicht mit der Bäuerin. Die war albern, unecht. Aber Gänse beknabberten ein Paket, das auf dem Flüßchen trieb. Als ich die nasse Hülle neugierig aufzupfte, enthielt sie Druckbogen einer Kolportageschrift, immer wieder nur die Seiten 22 bis 29, und zwischen den mittelsten, ganz trocken gebliebenen, hing ein abgerissenes Stück vom Titelblatt, darauf noch zu lesen war: liner Roma. – Da habe ich nachgesonnen, wie das Paket in das Flüßchen geriet, und das schien mir nun ein Geheimnis. Ein Geheimnis auf dem Lande, wo man sonst alles übersieht und um jedermanns Treiben weiß. Und was bedeutet liner Roma? Da fehlt was vorn und was hinten. Ich hab' mir's ergänzt »Berliner Romane«. Berliner Romane haben meist keinen ordentlichen Anfang und kein rechtes Ende.

(Übrigens die Nuscha war auch mir nie wieder begegnet. Sehr schön so. Eine Erinnerung wie Jasmingeruch.) – Wohl war zwei Stunden von Sidows ab ein Städtchen zu erreichen, grünlich getüncht und mit verborgenen Turmspitzen. Auf dem Kirchhof im Efeu liegen Steintafeln wie gestaute Eisschollen und umgitterte Gräber wie Schiffe. Darüber schatten fruchtbare Birnenbäume, gedüngt von Toten der achtziger Jahre. Ich aber sehnte mich nach einem Zeitungskiosk, der die neuesten Beine von Tanzsternen zeigt und die semmelheiße Nachricht bringt, daß in Tokio vier Kasernen brennen. – Frau von Sidow haßt die Großstadt, die sei hart und schartig wie Austernbank, Gehäuse an Gehäuse. Erzählt Frau von Sidow von den Streiks oder den Straßenkämpfen im Zeitungsviertel, dann sollen ich und die Hausdame mit den Köpfen nicken, wie Omnibusschimmel. Da hab' ich gesagt, es sei gar nicht so schlimm gewesen, immer nur zwei Tote. Und die Löcher in den Mauern habe man andern Tags wieder zugegipst. – Das hat aber meine adlige Brot-, Bett- und Ofenherrin arg verstimmt. – Andermal, weil sie mich in den Wald bestellte, fragte sie: »Nicht wahr, Sie lieben doch auch die Natur?« Da hab' ich gesagt: »Nein.« – Danach lernte ich nicken. Nur noch einmal, mit einer scheuen Saatkrähe, habe ich über das aufgestocherte Berlin gesprochen; von den schreienden Rednern erzählt, über 100 Milliarden von Hüten und von den Matrosen auf Panzerautos, die die Häuser erbeben machten. Vom sektsaufenden Pöbelmund, den öffentlichen Diebesbörsen. Das ganze große Erheben. Das behält seine Farben in meinem Gedächtnis. – Ich half im Garten graben, und wenn die impulsive, despotische, freundliche Jüdin auf dem Piano oder Tennis oder mit fremden Sprachen und mit all und jeder Kunst und Wissenschaft spielte, wurde ich zugezogen. Was fehlte zu ihren Millionen?, zu ihren guten Büchern und Bildern?, zu ihren traumschwarzen und pelzweichen Augen? – Sie wußte ganz tiefverschwommen zu philosophieren. Aber ich saß dabei wie ein Klotz, sehnte mich nach Leuten, die ihren Geist verstecken. Nach einmal Betrunkensein im Panoptikum und nach täglich neuen verblüffenden Plakaten statt des albernen Mohren mit Malzextrakt. Zwar hatte mir Frau von S. aus freien Stücken 50 Mark Taschengeld zugesagt. Aber das Schweinefliegenzählen ermüdet. Und wer mag auf die Dauer immer zum Fenster hinausspringen. Und laß Birr begraben sein. Und so fing ich an, mir eine manierliche, entblüffende Kündigungsrede einzustudieren. So im Sinne Noktavians… »Wie der Matrose sich immer wieder hinaus aufs tobende Meer sehnt… wie es der Deutsche, der einmal in Afrika gelebt hat, nimmer lange in der Heimat aushält … wie die Zigeuner …« – Aber dann, eines Tages, diese Rede völlig beiseite schiebend, bin ich ganz plump mit den Worten herausgestolpert: »Entschuldigen Sie, morgen reise ich ab.« – Und nun umgaukeln mich wieder die Möglichkeiten Berlins. Nur du fehlst.

9.

Welche edeldenkende, energische robuste Dame verhilft jungem kriegsverarmten Manne zu einem Paletot? Heirat nicht ausgeschlossen. A. 16 Exped. d. Bl.

»Aber Herr Gastein, es fängt an zu regnen.« – Doch er zeigt ihnen Gestalten, hübsche und häßliche und die unsicheren und speziell die komischen. Die Felsblöcke mit summenden Grotten sind ihr bekannt aus Vaters Fabrik. Auch die Schreibstuben, darinnen es hagelt wie Maschinengewehrfeuer bei den Liliputs. – Da! Dort! Dieser Eckstein! Jene technische Straßenwarze! Oder hier die Mauernische! Daran schlendert man so vorbei, aber nachts haben diese Dinge vielleicht Bedeutung, spukhafte oder grausige Bedeutung. Nachts kichert, rauscht und knistert es allenthalben. Und im Spuk werden dann zur Bühne alle die verwunschenen Winkel, wo tags die Hunde hinpink... – »Herr Gastein, es regnet!« Um so besser. Das schwemmt wieder Billiarden von Großstadtbazillen in die Schleusen. – Wer sitzt dort unter der Litfaßsäule? Für wen halten Sie den? Den Mann? Nun, das ist ein armer Stiefelputzer! – Ganz bestimmt nicht, aber vielleicht ein reicher Stiefelputzer oder ein Detektiv auf Posten. – Sie lesen dahinwandernd links und rechts Firmen. Und Fundbüro, Leihamt, Akademie... XII. Oberrealschule, Verein für... Auf jeden Berliner kommen sechs öffentliche Einrichtungen, ohne die Bedürfnisanstalt... »Mein Kleid ist hin. Ich bin total durchnäßt.« – Blicken Sie auch mitunter nach oben. Dort ganz oben, dem lieben Gott und dem Mars viel näher als wir, wohnen unlegitime Fürsten, ohne Gewissen, ohne Ehre und ohne Würde. Denn waren es aristokratische Hausbesitzer, die neulich ihr Kommando zur Française bewunderten, so werden es andere Leute sein, die ihnen morgen mitleidig eine Unterhose abkaufen. – »Das verstehe ich nicht: Fürsten… Unterhose?« – Nun, junge Leute sind's… sie suchen sich aus Lügen herauszulügen. Und manchen gelingt es, aus Leinewand, Kohldampf und grauen Haaren… Gold zu kochen. Kluge Leute, die wohl wissen, daß erreichtes Ziel luxuriösen Stillstand bedeutet und daß dann vergötterter Krebsgang folgt. Aber doch hetzen sie sich 24 Stunden qualvoll theaternd ab, um für einen antiken Bronzeleuchter 10 Mark zu erbetteln. Und nachts liegen nackte oder buntumhüllte Nuschas auf ihren Tischen und trinken Allasch aus Eierbechern, ebenso auf Berühmtheit gefaßt wie auf Pfändung. – Fräulein von Camphusen spricht nur mehr mit ihrer Freundin. – Gussi will versöhnen. – Dort oben zweiter Stock, zweites Fenster von links, hinter den erstklassigen Pensionsgardinen verbrennt ein gespannt lauschender Feinmechaniker Briefe, Kofferadressen, Gegenstände… Morgen will er reich sein. Gestern hat er eine Witwe erdrosselt. – »Wen? – Wieso? – Woher?« – Ich weiß es nicht, aber… man liest es doch täglich. – »Höre, Gustav«, sagt Feridell, »nässer werden wir doch nicht, wollen wir nicht endlich…« – Gut. Er führt sie in dunkle, bemalte Hausflure, über halsbrecherische Stiegen, in Hinterhöfe und überraschende Durchgänge. Dort im Stockwerk fädeln und stechen junge, verkümmerte Mädchen tagaus, tagein, bis sie spitze Nasen bekommen und auf einem sauren Sparkassenbuch sterben.

Die Direktrice geht nächste Woche mit einem phantastischen Hochstapler durch. – Dort sind auch Junggesellenwohnungen und Aftermieter-Boudoirs, die man einmal nachts wie ein Dieb betritt und nie wiederfinden würde. Später besinnt man sich auf einen Bärtigen, der im Schlafrock vorlas aus »Die Bienenfabel oder der Nutzen der Privatlaster für das öffentliche Wohl«... – Anna ist verstimmt. – Indem Gussi vermitteln will, bekennt sie sich restlos offen zu ihm. Das rührt ihn. – »Dein abscheuliches Berlin! Wie ganz anders, wie schön war es damals dort auf der Mole...« – Ja, Gussi, es war dort so schön, weil wir es hier ähnlichen Menschen erzählen oder verbergen würden. – Im Spaßmachen, Unsinntreiben, da hat seine rege Phantasie leichten Sieg. – Wenn man Bauchreden erlernte, könnte man sich selber Rätsel aufgeben und beantworten oder sich mit sich streiten. – So gewinnt er Anna zurück. – Ihnen rollt ein Schlachterwagen vorbei, der eine Kuh am Strick nachzieht. Sie muß Trab laufen, das Euter schwabbelt lächerlich hin und her, und sie glitscht auf dem spiegelnden Asphalt häufig aus. – Auf dem Lande drehen sich die Leute nach einem englischen Offizier um. Die Berliner wenden ihre Köpfe nach einer Kuh oder nach singenden Spaziergängern. – Anna hält die Kuh für ein abscheuliches Tier, wegen der Kruste. Worauf Gustav es für denkbar erklärt, daß eine halbtaube Frau jetzt einwerfen könnte, die Kruste sei gerade das Beste. Alle drei lachen noch in der Konzertloge. Das Parkett ist wie ein Kohlfeld mit Köpfen bedeckt. Schlüge man sie ab, sie fehlten morgen nicht im öffentlichen Gewimmel. – Gustav träumt nachts vorsätzlich von Anna. Auch wachend redet er sich Verliebtheiten vor, deutet es andern gegenüber an. Und Elfchen schenkt ihm eine neue Krawatte und ermahnt ihn, die Gelegenheit zu nützen, nicht so freie Reden zu führen, sich natürlich und bescheiden zu benehmen. – Pah! – Als er noch Matrose war, hatten ihn die Mädchen an den Küsten lieb, weil er sich anders und lustig gab und nicht berechnend, sondern nur flüchtig, vorübergehend erschien. –

CECILIE Aber doch interessant?

ANNA Ja, wollte mit uns in einem ganz fremden Hause durch die Bodenluke aufs Dach klettern. Um uns die Berliner Alpen zu zeigen, mit Gärten auf Holzzement und Gletschern, wo manchmal wilde Jagden stattfänden, bei denen herrliche kühne Verbrecher erschossen würden.

CECILIE So sind die Künstler …

ANNA Ja, aber manchmal so merkwürdig, fast unheimlich. – Ich glaub', er ist nicht ganz richtig. – Ich fürchte mich vor ihm.

10.

Amtsgericht 1 erläßt ein Aufgebot hinter 20 Verschollenen, deren Todeserklärung beantragt ist.

Nur plaudern, das kostet ja nichts. Im Gegenteil, dann möchte sie noch Bohnenkaffee und Gebäck mit ihm teilen. Die Hure Biela. Und das auszuschlagen, erfordert Überwindung von ihm, dem Hungergeschwächten. – Wie ein von Märchen Entrücktes lauscht sie seinen traurigen Gedichten, schreibt sie dankbar in ein fettiges Heft. Er sagt sie auch innig und echt her; liegt doch hinter ihm eine stundenlange bekümmerte Wanderung durch die Straßen, die er kennt, die ihn nicht kennen. – Man hat sein Drama abgelehnt. Eine halbe Minute oder die Laune eines Lektors oder einer Gottheit weiser Beschluß zerpflückte ihm das Werk eines Jahres. – Annemarie hat sich von ihm losgesagt, einen Tag, bevor seine besten Schuhe barsten. Erbärmliches Leder. – Arbeitern wich er aus, die Schokolade kauten oder Grogdünste, Geldgerüche aushauchten. Ahnt keiner von ihnen, daß das, was in Hauffs Märchen unsere Brust bedrängt und uns Güte ausweinen läßt, daß das heute unter Liftboys leben kann, vielleicht jetzt augenblicklich in der Kakadubar vor der Tafel mit den Renndepeschen zu finden wäre. – Wer nur arbeiten will, Arbeit ist genug da. Herr Purmann hat das über ihn geschüttet wie heißes Blei. Aber Purmanns wissen es nicht besser. Das Glück hängt vom Gewissen ab, aber das Gewissen vom Verstande. – Schuld, Irrtum, Glück, Zufall, Verantwortung... Lauter durcheinandersiedende Moleküle – Noktavian hat eine Anstellung gefunden. Er besucht vornehme Kundschaft, um Beiträge zu sammeln für ein nationales Privatunternehmen. Viele honorige Stellungslose werben so für ähnliche Vereine unter hohen Protektoraten. Sie betteln erstaunliche Summen zusammen, aber doch nur so viel, daß es gerade die honorigen Spesen der Ehrenamtlichen deckt. Nun kann Noktavian wohl reisen und Beziehungen anknüpfen. – Liebenswürdige Freunde von Gustav, begabte jüdische Kollegen der Literatur oder Kunst, wußten sich auch durch diese Zeit scharfdenkend und beharrlich höher zu schrauben; ließen hier einen überflüssigen Brocken Ehre fallen, zertraten dort unauffällig einen anständigeren Ringer. – Und denen, die Ruhm und Gold besitzen, nähert sich behaglich der Zufall und segnet sie. Und was uns vorzustellen gelingt, das sind wir auch. Brave, unverantwortliche Soldaten zerfleischen darüber brave, nur geistig anspruchsvollere Brüder. – Und die Gewinnenden? Was gewannen sie? Wer ist heute wahrhaft zufrieden? Oder doch? Oder nein? – Deutschland wurde gar zu arg geschüttelt. – Und wie's kam und wie's auch noch kommen sollte, du, bleierner Gustav, wirst immer auf dem Grunde bleiben. Die Offiziersschärpe und die Kriegsorden anlegen und dich bettelnd in der Wilhelmstraße aufstellen. Nein, das darfst du nicht. Denn du triffst hin und wieder anständige Kameraden und besuchst doch zuweilen den feudalen Klub, wo getreue, zum Teil kriegsverstümmelte Helden dauernd Kinder mit dem Bade ausschütten und einem eitlen, beschränkten Götzen huldigen, der sich aus dem Staube gemacht hat. Außerdem werden dir gewiß schon andere mit dieser Idee zuvorgekommen sein. – Denn Berlin ist ja so hoffnungslos abgegrast von der schlingenden niedertretenden Vielheit. – Die Bourgeois? Auch du gehörst ihnen wohl an, den tatenlosen oder den kurzsichtigen oder den steifdummen oder den heimlich zufriedenen Scheinbellern. Und die Radikalsten? Ideale erfüllen sich nie, aber unter wirren Umständen die Taschen. – Und die Verbrecher? Vergreifen sich an den Mittleren und Kleineren. Denn die Tiergartenstraße schützt der Staat, es ist seine Straße. Der Staat ist fett gemästet, ernährt sich nur mehr von jungen, zartesten Genüssen. Wenn ich Präsident wäre, ich würde... Geschwätz! – Woge prallt gegen Woge. Wurde mir die Seefahrt doch leid? Ich bin ein verbrauchter Süßwassermatrose, der sein Leben auf dem Lande beschließen möchte. – Die Hochsee hat ihre Wunder, aber in die Tiefe muß man tauchen, sie zu heben, und man kehrt dabei leicht nicht wieder zurück. Andere bescheiden sich, dringen an der Oberfläche rasch vorwärts. Noch ein anderer erhängt sich. Der läuft nur einen Knoten und erreicht doch am ehesten das Ziel. Das wäre etwas für dich, Gustav. Und deine paar Habseligkeiten alle testamentarisch dem einen Freunde vererben, daß die Verwandten und Mäzene wenigstens einmal stutzen würden: »An diesem Deeters muß doch etwas sein...« Man plaudert mit ihnen. Immer das gleiche. Unter diesen Mädchen gibt es mitunter noch Altangesessene und auch eine ge-

wisse Kultur in Berlin. – Man weiß im voraus, was Biela antworten wird. – Wie sie sich ihre Zukunft ausmalt? Sie wird mit Ersparnissen ein Blumengeschäft gründen oder Zimmer vermieten, entweder als Kupplerin oder an anständige Herren. – Sie sind gemütlich und ehrlich, solange man an dem barschen Kontrakt nicht rüttelt. Sie bieten dir heute nervenpeitschenden Kaffee und morgen tödliches Gift. – Beiläufig, in ausgelassener Festgesellschaft antwortete Elfchen einer Frau Rat mit komischem, fast rührendem Stolz: »Oh, als Heinz mit mir in Paris war, damals haben wir auch oft drei Tage und drei Nächte hintereinander durchbummelt...« Wer verdient das Leben? Alle andern sind schuldbeladen. Ich, Gustav, bin der einzige anständige Charakter. So aussichtslos ... so hoffnungslos ...

11.

– – die Nummer des Autos war nicht beleuchtet. Die Leiche wurde dem Schauhause zur Obduktion überwiesen.

Wollte jemand Gustaven bei Deeters denunzieren, sprechend: Er hält auch vor dir Geheimnisse zurück! – Deeters würde lächelnd abwinken. Klapp den Deckel drauf. – Zwei Stammgäste trinken peinlich kritisch Weiße. Der alte Herr von der Filmbranche bietet dem Herrn Schneidermeister eine Prise an. Dieser ruft dem Kellner etwas zu in dem Dialekt der achtziger Jahre von Kölln jenseits der Spree: »Max, juckeln Se man los mit Ihren ollen Zossen...« – Ein kleiner bärtiger Herr nimmt eilig an diesem Tische Platz.

»Vergeben Sie«, kichert er, »wenn ich ehrliche Fußnote in die 22. Zeile Ihres Vorworts einfalle. Sie sind der richtige Berliner, in Berlin die zweite Auflage. So was erschien wohl anno 79 bei Hermann, aber was bedeutet es heute? Bestenfalls reiste der Großvater zu und der Enkel verzieht morgen.« Der Sprecher legt Geld auf den Tisch, löffelt eine Erbsensuppe in sich hinein und entfernt sich. »Der scheint etwas Manoli zu sein.« – Gustav aber schlendert durch die Nacht, darin, von dunstigen Gespenstern überhuscht, Lichter hängen. Hohe bleiche Monde, ordinäre Butterblumen, an den Stationen aufregend rote Augen über Blutpfützen oder grüne Augen. Und über den Straßen dahingleitend, goldstreuend, der um eine andere Welt wissende Blaufunke. – Wie Gustav gekleidet ist, zu allem fähig, nichts gegen ihn einzuwenden, bemerkt er zufrieden, wie die Geheimpolizisten und andere Spione ihm ratlos nachblicken. Er kennt sie besser, die Strengen wie die Bestechlichen. Im Keller der Bananenliese oder unter der Falltür der grauen Frau öffnet sich ihm, dem bescholtenen Ringkämpfer, vertraulich die Chronique scandaleuse. Es würde aber seine wundersamen Privatstudien unnötig beeinträchtigen, wenn er Bielas Zuhälter anzeigte. Dagegen kommt ihm der Ruf zustatten, den er sich erwarb, als der internationale Dreadnought Kanarienschorsch niederboxte. – Gustav hustet grimmig ein paar seifige Zwitterjünglinge vom Bürgersteig. Und schnackt ein wenig mit dem alten Fuchswolf, der nachts mit einem Knüppel einen Schirmladen bewacht und nebenher geheimen Handel mit amerikanischen Zigaretten und Nacktphotos treibt. Er tauscht einen Witz mit den Droschkenkutschern am Hal-

leschen Tor, läßt sich von Nora neue Anekdoten über Perverslinge erzählen. Und schaut zum hundertsten Male zu, wie ein junges, aber reifes, dralles Mädchen mit einem Puppenwagen den bettelnden Rumpf wegfährt, der allabendlich einige Stunden an der Planke lehnt, wo die parteipolitischen Aufrufe angeschlagen werden. – Im rauchigen Keller von Lutter & Wegner mischt sich der Artist Gustav al Ratschild unter eine bezechte Gesellschaft falscher Offiziere und falscher Schauspielerinnen. Da quirlt Lustigkeit aus dem Vollen heraus. Denn es kommt den Kavalieren nicht darauf an, der Abortfrau Lewandowsky, die aus Exkrementen russische Zustände und noch Angenehmeres prophezeit, einen Fünfzigmarkschein zu schenken. Und die Damen stecken dem Oberkellner noch höhere, geheimnisglatte Gelder zu. Und jemand bietet Gustaven

200 Mark an, wenn er nur in ein Telephon spräche: »Hier Vorsteher Günther. Der Wagen soll am dritten Gleise warten.« – Niemand außer Gustav hört in dem Lärm, wie Hoffmann leise an der Wand kratzt, an der Stelle, wo früher das historische Bild hing. Gustav verläßt den Keller, springt drei Schritte rückwärts, weil Murr quer über den Weg huschte. – Und drei Stunden lang für ein verschwiegenes Honorar ist er damit beschäftigt, ein vornehmes Haus in der X-Straße dauernd zu verlassen. Jedes Mal prallt er mit einem Herrn im Pelz zusammen, der dann ruft: »Pardon, die Zeit macht einen nervös.« Jedes Mal antwortet Gustav dann: »Eine Nase läßt sich immer wieder drehen.« Und geleitet die Herren ins Parterre, wo ein Kügelchen über schwarze und rote Felder hüpft. – Gustav, der Chiromant, trinkt bei einer alten Hexe Whisky aus einer Napfkuchenform und unterhält sich flüchtig durch ein sulfurisches Sprachrohr mit Clamur, Machandel und Pipo. – Gustav hinkt. – Hinterm Reichstagsgebäude steckt er den falschen Bart in die Tasche. Ein Irrsinniger spricht ihn an. Ob der Schuß am Hundekehlensee schon gefallen sei? – Gustav nickt, wandelt tief Atem schöpfend weiter, dorthin, wo keine Laternen leuchten, unter die Bäume am Kanal. Lehnt sich übers Geländer und blickt in das tintenartige Fließen. – Als die letzten Schritte eines wankelmütigen Mädchenjägers verhallen, wird es dort unheimlich still. – Gustav summt: Es schwimmt eine Leiche im Landwehrkanal. Reich sie mir mal her, aber knutsch sie nicht so sehr. Dann lauscht er, strengt seine Augen an. – Eine Leiche treibt langsam näher. – »Es schließe sich der Ring!« – »Völlig!« antwortet eine Stimme, die Leiche bremst. Gustav

stößt einen Bootshaken in ihren Leib und langt sie damit heraus. Es ist Pinkomeier. Er begleitet Gustaven trällernd, trällert das Lied vom sublunarischen Wandel. Dabei redet er Dummheiten, die morgen vergessene Weisheiten sind. Und Gustav notiert sich einige kluge Bemerkungen, um sie morgen als wirren Blödsinn zu verbrennen. – »Mehr Humor, Gustav, Ataraxie auch im Verrecken!« sagt Pinkomeier. »Du läßt dich vom ersten Eindruck erwürgen. Krieche stumm in die Dinge hinein; alle, die empörendsten, sehen innerlich ganz natürlich fleischfarben aus. Und ob in der Mühle die unterste Bohne bevorzugter sei als die oberste, die bis zuletzt den andern auf den Köpfen tanzt…? Pah, gehupft wie gesprungen! Studiere du unbekümmert weiter und glaube mir: Es ist kein so großer Unterschied zwischen der Bibel und dem Berliner Adreßbuch. – Im Morgendämmern, wie etwas ganz Sonderbares, erhebt sich Vogelgeschwätz. Die Spatzen, die Nachtigallen der Stadt. Wovon ernähren sie sich in dieser brotlosen Zeit? Wovon ernähren sich… – Ein hackender Schritt ertönt, vom Echo der andern Seite geprügelt. Arbeiter mit klappernden Kannen eilen. Dicke Bündel farbloser Röcke schleppen Gemüsekörbe zur Markthalle. Das Volk der Angestellten schwärmt aus, Sklaven. Pedanten, die das Ende eines selbstgekauften Bleistiftes erleben. Bleich, kurzsichtig gewordene Mädchen. Ein gewisser, beinahe familiärer Kommunismus des Kontorlebens bewirkt es, daß sie mit einer Art Heimatgefühl in die kahlen Büros ziehen. – Müde, ohne ein Nachthemd einzuwechseln, sinkt Gustav in den süßen Eintagstod. Aus der Matratze brummt Pinkomeier Gute Nacht. – Nur einmal, kurz aus dem Schlaf erwachend, schaudert es Gustav, als er Licht in seiner Stube bemerkt und einen bloßen Arm gewahrt, der aus dem Türspalt des Kleiderschrankes herausragt.

12.

L. F. Café Josty Freitag, Adresse wiederholen, wichtig Sporendank, Zürich entschlossen. Vorsicht Postl. 27, Amt 12.

»He! He! Pst! Wiga!« – Er springt einen kühnen Satz vom Autoomnibus. Das lernt sich hier. »Ich habe Eile, aber ein Stück begleite ich dich.« Wie geht dir's Gustav? »Manchmal… heute… hat Berlin einen Himmel. Ich bin dabei, meine Schulden zu bezahlen und zu schenken. Mein Drama ist honoriert, ein guter Freund von mir hat es…« Du hast viele gute Freunde? – »Mehr Freundinnen.« – Ich träumte gestern von dir, Gustav. In der Kirche. – »In welcher? Es sind ihrer viele hier, manche so verbaut, daß man jahrelang vorbeigeht, ehe man sie hinter Plakaten, zwischen einem Kino und einem Palast der Lebensversicherung entdeckt. Auch richtige Gebete und zauberstarke Frömmigkeit gibt es hier.« Übrigens Gustav: Ich bin verheiratet. Willst du morgen bei uns essen? Notiere unsere Telephonnummer… –

Es ist eine andere, eine kleine, kluge Frau, die Rotweingläser auf den sauberen Tisch zwischen den beiden parallelen Räkelpolstern stellt. Und selbst nie sentimental, doch gut, treu, zieht sie Kösters rührsame Spieluhr auf. – Miezko, lasest du mein Manuskript. – Ja, manches verstehe

ich nicht. – Muß man denn, kann man alles verstehen? – Nein, aber warum verschüttest du die Schönheiten? – Trüffeln stecken immer tief im Dreck. – Aber, Stävle, ich bin doch kein Trüffelschweinchen! – Nein, ich schreibe doch auch kein Dreckchen. Es sind Fetzen, aus Zeit und Ort herausgerissen, nicht die gute alte Zeit, nicht Gulitzsch an der Wipper … Das Band zerrissen und du bist … Ach, Miezko, ich bin heute so glücklich. Ich habe mich von Purmanns losgesagt. Nein, nicht jetzt, da ich für acht Tage Seligkeit bei mir habe, sondern vordem, als ich keine Kohlen und kein reines Nachthemd mehr besaß. – Aber Stävle, so, wie du mir die Leute gelobt hast, war es vielleicht doch etwas … – Nein, Miezko, ich log dich an zu Purmanns Gunsten, als ich erkannte, daß ich mich selbst belogen hatte und daß Purmanns mich oder sich selber belogen hatten. Und ich bedankte mich, wo sie danken mußten, und steckte beschämt ihre Vorwürfe ein, wo ihr graues Haar … Soll ich mich um eine Erbschaft verkaufen? Ach, sprechen wir von anderem! Was erlebtest du inzwischen? – Miezko entzündet eine kleine Laterne mit Butzenscheiben und läßt die gebatikte Bühne von Weißgerber verlöschen. Vier schwache Strahlenbündel pendeln über merkwürdige Kupferstiche, über ostfriesische Möbel und keramische Niedlichkeiten. Frauenbeine schimmern durch ein warmes Violett. – »Es waren mancherlei Besucher bei mir, um ihre Sehnsucht nach München auszuschütten.« – Nach München jener Zeit. Jetzt lebt es sich stärker, gesünder und schneller in Berlin. Hier tröstet die Vielheit der Erscheinungen und Erlebnisse … »Ja, Stävle, ich habe auch wieder Romane erlebt, seit du …« – Man entgeht ihnen nicht. Wir erleben sie, hören sie, lesen sie aus Zeitungen, Büchern und selbst noch in der einsamsten Zelle auf den Oktavbogen, die wir vom augenspießenden Draht abreißen. Und sie kreuzen sich und verwirren sich wie die Bindfäden in Elfchens Schubfach. – »Kehlbaum hat hier eine halbe Flasche Cordial Medoc über Berlin verschimpft, das keine Kultur habe.« – Nein, wenig. Es ist Fremde, unübersehbare, unerschöpfliche offene See, also Weg, nicht Platz. Nur nicht als Wrack dort liegenbleiben, wo es verebbt oder zerschellt. Zuweilen landen, sich träge wonnig erholen, aber dann wieder hinaus. Hindernisse überwinden, ums Leben kämpfen, alle Sinne stets wach und gespannt, denn Strudel und Strömungen locken und drohen. Hinaus, um in der massigen Einsamkeit zu leiden. Woge um Woge, Moment um Moment. (Gustav küßt die Hände seiner Freundin.) Du verstehst mich. Man muß Berlin visionär genießen. – (Sie streichelt sein Haar.) – »Ja, es ist Meer. Manche reisen herbei, um sich darin zu baden oder auch nur zu waschen. Andern gelüstet nach abenteuerlichen Fahrten. Manche müssen untergehn.« – Prosit, Miezko! Wenn der Frühling die städtischen Anlagen beehrt, dann stehl' ich mir einen Zweig, daran zarte gelbe Wollwürstchen hängen, die duften wie: Alles wird einmal wieder gut. – Und die Sonne weckt paradiesische Seligkeiten aus kahlen Kalkwänden. – Miezko will antworten. Da poltert die Tür schreckhaft, und auf der Schwelle steht ein eleganter Neger, der einen Muff und eine Handgranate …

Der Prosadichter Ringelnatz

Eine Nachbemerkung

Hans Bötticher, der Seemann aus Wurzen, der sich Joachim Ringelnatz nannte und als Beruf »reisender Artist« in Formulare und Meldezettel eintrug, lebt in unserem Bewußtsein vor allem als Lyriker, als Autor heiterer, ironisierender, manchmal auch grotesk-skurriler Gedichte, die jede Generation wieder neu für sich entdeckt.

Als Autor kleiner, ebenso liebenswerter Geschichten, Märchen und Grotesken ist uns Ringelnatz weitgehend unbekannt geblieben. Es mag mannigfaltige Gründe dafür geben. Das meiste wurde nur einmal gedruckt, in Zeitschriften, bibliophilen Einzelausgaben, die Ringelnatz selbst illustrierte, oder in Büchern, die nur eine Auflage erhielten. Der Hauptgrund dafür, daß seine kleine Prosa hinter seine Verse zurücktrat, ist dies jedoch nicht. Er dürfte eher darin zu suchen sein, daß Ringelnatz seine große Popularität vor allem durch den öffentlichen Vortrag seiner Gedichte in Kabaretts und auf literarischen Bühnen erlangte. Daher identifizierte man seine Gedichte mit seiner Person und akzeptierte in erster Linie auch nur seine biographische Prosa wie den Erinnerungsband »Mein Leben bis zum Kriege«, in dem er die Anfänge seiner Künstlerlaufbahn anschaulich zu schildern weiß. Die sogenannte kleine Prosa, die ihn, wie seine Briefe und Aufzeichnungen bestätigen, auf Reisen wie zu Hause immer beschäftigte, an der er nicht weniger hing als an seinen Versen und die er liebevoll mit Zeichnungen versah, zerflatterte völlig in den Jahren nach seinem Tode 1934, als seine Schriften unter dem NS-Regime als unerwünscht galten und daher sekretiert waren.

Die Prosa bei Ringelnatz – auch das sei vorab gesagt – ist bei weitem nicht so umfangreich wie seine Lyrik. Unter den Werken, die schon zu seinen Lebzeiten erschienen, sind immerhin 16 Gedichtbände, aber nur drei Veröffentlichungen mit kleiner Prosa, und zwar 1913 Skizzen und Erzählungen »Ein jeder lebt's«, 1924 Märchen und Grotesken »Nervosipopel« und ebenfalls 1924 der Kurzroman »... liner Roma ...«. Als Erzähler hat sich Ringelnatz schon vor dem ersten Weltkrieg versucht, als er noch unter seinem eigentlichen Namen Hans Bötticher publizierte. Er schrieb mit achtundzwanzig Jahren eine kleine Erzählung »Durch das Schlüsselloch eines Lebens« und schickte sie zur Beurteilung an Thomas Mann, der ihm im April 1911 auch antwortete und die Arbeit mit der Bemerkung versah: »Die kleine Sache ist recht artig vorgetragen.« Später lag diese Erzählung in dem Band »Ein jeder lebt's« auf dem Nachttisch des Dr. Kurt Tucholsky, der das Buch für die »Weltbühne« rezensierte. Für Tucholsky war der stärkste Eindruck die sensible Beobachtungsgabe des ins Leben hineinhorchenden Ringelnatz, der in den menschlichen Beziehungen selbst noch »die Schwingungen« registriert, »die in den Pausen zwischen den Worten sind«.

Wenn man genau sein wollte, müßte man das Debüt des Prosaautors Ringelnatz noch viel früher ansetzen, denn die erste Arbeit, die von dem 13jährigen Hans Bötticher gedruckt erschien, war eine im sächsischen Dialekt verfaßte »Häringsgeschichte«, vierzig Zeilen lang, für die er von der Redaktion der »Meggendorfer Blätter« zwanzig Mark erhielt. Es ist viel künstliches Lachen in dieser Humoreske, die von einem Mann erzählt, der einen Hering besitzt, der ihm ständig abhanden kommt. Kurz vor der Wohnung hat er ihn noch, dann bleibt der Hering verschwunden. »Ich suche alles rings um ab, wohl änne Vertelstunde lang – mei Häring nich ze finden! Na, denk'ch, morgen wär'n s'n schon finden – so ä Häring gann doch nich wegkschwimm'. D'n andern Morgen – denken Se, d'n Häring hatten se nich gefunden! – geh ich ins Geschäft, un weil's an ze drebbeln fängt, spann ich meinen Scherm uff. Wie ich'n iewer mich halte, da fällt mir was Nasses, Klebriges ins Gesicht. Was warsch – mei Häring!«

Die Pointen erinnern ein bißchen an das Repertoire reisender sächsischer Komiker, sie sind nicht charakteristisch für Ringelnatz, auch hat vermutlich sein Vater, eine bekannte Persönlichkeit der Leipziger humoristischen Dichtung, bei dieser Schülerarbeit seines Sohnes etwas nachgeholfen. Wie dem auch sei, die Begabung des Dichters für die kleine Prosa ging jedenfalls andere Wege. Zwischen der »Häringsgeschichte« von 1896 und der großen Autobiographie »Mein Leben bis zum Kriege« von 1931 liegen 35 Jahre. Es sind Jahre, in denen sich Ringelnatz als Dichter ausgewiesen hat, der am besten zu erzählen vermag, wenn er das eigene Leben zum Thema nimmt, also selbsterlebte Realität unmittelbar in Literatur überträgt. Zweifellos war er eine eigenwillige, nicht alltägliche Persönlichkeit, ein Mensch, der das Leben anders sah als andere. So schreibt er einmal, als er seinen Hut in der Bahn liegengelassen hat, seiner Frau nach Hause: »Hut: keinen andern schicken. Ich gehe fortan ohne Hut, ohne Mantel und ohne Schirm durch die Welt.« Diese Antwort hätte auch Palmström geben können. Es ist derselbe, der Komik des Lebens zugetane Ringelnatz, der den Volkswitz liebte und so treffliche Aphorismen über die Mode reimen konnte: »Es wechseln die Moden, / doch der Hosenboden / sitzt sinngemäß / immer unterm Gesäß.«

Wie genau es der Phantast Ringelnatz mit der Wahrheit nimmt, läßt sich schon daran erkennen, daß seine Figuren nur in Verhältnissen agieren, über die er genau Bescheid weiß. Den Kenner seiner Biographie wird es nicht überraschen, daß das Milieu seiner erzählenden Prosa identisch ist mit den Schauplätzen seines eigenen Lebens und daß die Stoffe, die Personen sowie die Details aus jener Zeit sind, da er als Matrose, im Artistenmilieu als Akteur einer Hamburger Schlangenbude, als Bibliothekar und Archivar sowie als Simplicissimus-Dichter tätig war. Bei Ringelnatz bilden Persönlichkeit und Werk eine solche Einheit, daß man auch in den Erzählungen, nicht nur den Gedichten, wie in einer Autobiographie liest. Immer wieder bekennt er sich zu nur einer Wahrheit, das war für ihn das Sonderbare und Wunderbare im Leben, wie es ihm begegnete.

Die lyrische Art des Erzählens, mit der er ein Jahr vor Kriegsausbruch 1914 debütierte, gibt er nach dem Ende des ersten Weltkriegs, als er den Dichternamen Ringelnatz annimmt, auf. Er wendet sich fast ausschließlich der Groteske zu, so wie Paul Scheerbart, Mynona, die Dadaisten um Kurt Schwitters oder Expressionisten wie Jacob van

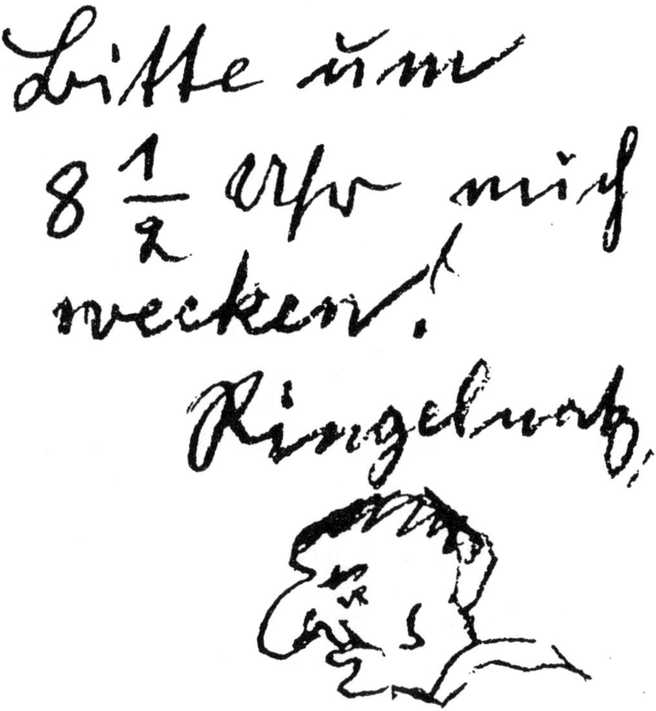

Hoddis und Alfred Lichtenstein sie als literarische Zeitform für sich entdeckten.

Wie »richtige« Ringelnatz-Verse in der Vorstellung des Lesers Gedichte sind, in denen es turbulent zugeht oder etwas Unerwartetes geschieht, so trifft dieses Merkmal, wenn man will, ebenso für den Prosaisten Ringelnatz zu. Auch in seinen kleinen Geschichten liebt er Spaß mit Überraschung. Weil die Idyllen einen »alten Seemann« wie ihn nicht reizen können und derlei Geschichten ohnehin »erstunken und erlogen« sind, erzählt er das Märchen von der Prinzessin und ihren Freiern auf ringelnatzisch. Als der ehrliche Seemann, der als einziger das Glück verdient hätte, um ihre Hand anhält, tut sie mit der Zauberbrille einen Blick in seinen Mund, ruft »Pfui Teufel, du priemst ja«, und bei diesem Satz erwacht der träumende Seemann in seiner Hängematte.

Solcherart Humor, der die Alltagswelt auf den Kopf stellt, Sentimentalitäten abbiegt, indem er drastischen Witz, Selbstironie und eine kräftig wuchernde Phantastik dagegensetzt wie in den Kuttel-Daddeldu- und Turngedichten, findet sich auch in den Parodien und Grotesken vom Zwiebelzahl, vom armen Pilmartine, von Dr. Quilippi, Feix Daddeldu und Magdalissimus Baumzapf wieder, die in ihrer Komik unterhalten, die aber dem Leser auch ernste Fragen vorlegen: Wie und wo sind die Menschen wirklich glücklich?

Neben mancher Absonderlichkeit, die zur Phantasiewelt des Verfassers gehört, fesseln die Grotesken durch Passagen von ungewöhnlicher sprachlicher und gedanklicher Erfindungskraft. »Die babylonische, die aztekische, die chinesische. Aber sprechen wir nicht mehr davon«, beginnt das Märchen von den Eheren und Holzeren. Oder: Zwei Quacksalber, die einander heimlich-ehrlich ihre Bedeutungslosigkeit eingestehen, kommen im »Zwiebelzahl« zu der köstlichen Selbsterkenntnis, »eben deswegen müssen wir uns gegenseitig immer an unser Nichtswissen und Nichtskönnen erinnern und einig sein in gemeinsamer treuer Stümperei«. An anderer Stelle wiederum läßt die

Beschreibung, wie sich Fiedje Papendeik mit dem Fahrrad in die Luft erhebt: »Und auf einmal – ehe jemand daran dachte, den Störenfried – – auf einmal – – ohne daß irgend jemand bemerkte – niemand ahnte oder war darauf gefaßt – kurz...«, erkennen, wie schön ihm dabei »der Morgenstern leuchtete« (Tucholsky). Wenn Ringelnatz gar in der Geschichte von der Fliege Wuppy verkündet: »Die Fliegensprache zerfällt erstens in einen pantomimischen Teil. Rechtes Mittelbein dreißig Grad nach oben gekrümmt, bedeutet: Wie spät ist es?«, denkt man an den Komiker Karl Valentin und seinen Exkurs über den Regen: »Dem Regen am nächsten liegend ist der Regenwurm – er lebt vom Regen, genau wie der Regenschirmfabrikant.« Wie wahr der Satz von Alfred Polgar, wenn er schreibt, »dieser unvergleichliche Ringelnatz hat den Stein der Narren entdeckt (welcher, wie wunderbar, dem der Weisen zum Verwechseln ähnlich sieht)«.

Die umfangreichste Arbeit des Prosadichters Ringelnatz ist – sieht man von den autobiographischen Erinnerungen und einem Romanentwurf aus den letzten Lebensmonaten ab – der 1924 erschienene Groteskroman »...liner Roma...«. Auch hier sind die Teile des Buches wieder nur Ausschnitte, die er in Collagetechnik aneinanderfügt. Jedem Abschnitt stellt er eine Zeitungsnotiz voran, die anmutet wie erfunden und die dennoch wahr ist wie die vom Autor grotesk und satirisch beschriebenen, verworrenen Verhältnisse der »Reichshauptstadt« in den ersten Jahren der Weimarer Republik mit Inflation, Spekulantentum, Nackttänzerei, Nachkriegsprasserei, politischen Morden, fraglich gewordenem bürgerlichem Wohl-

stand. Mit einer fürs Detail begabten Fabulierkunst porträtiert er Personen und ihre Umwelt aus der Zeit um 1920/21, als er, selbst stellungslos und sich gegen Hunger und Kälte wehrend, in Berlin in der Königgrätzer Straße in der Nähstube eines Tapezierers wohnte. Es ist kein großes zeitkritisches Panorama, wie es Walter Mehring mit der Kraft des Satirikers oder Alfred Döblin im Roman im großen Stil zu erfassen vermochten. Auch fühlte sich Ringelnatz nicht berufen, Lebensrezepte zu verkünden oder Schuldige anzuklagen. Seine Sache ist das exakte Protokoll einer von ihm wahrgenommenen Alltagserscheinung, er beschränkte sich auf die kleinen ausschnitthaften Szenen, bewegt, zugespitzt, aber dennoch voller Zeitgefühl und Zeitkritik. Seine Erkenntnisse sind in den zwei Sätzen zusammengefaßt: »Der Staat ist fett gemästet.« – »Und du, bleierner Gustav, wirst immer auf dem Grunde bleiben.«

Wie er zu dem Buchtitel gekommen ist, erläutert er so: Beim Bootfahren findet er ein Päckchen, Druckbogen einer Kolportageschrift, immer wieder die Seiten 25 bis 29, und zwischen den mittelsten, trocken gebliebenen, hing ein abgerissenes Stück vom Titelblatt, worauf noch zu lesen war: liner Roma. Er habe sich's ergänzt zu: Berliner Romane. »Berliner Romane haben meist keinen ordentlichen Anfang und kein rechtes Ende.«

An diese Formidee hat er sich in seiner Zeitskizze, für die ursprünglich George Grosz als Illustrator vorgesehen war, künstlerisch konsequent gehalten. Es ist die vollendete Technik des abbrechenden Fortspinnens einer begonnenen Geschichte, die sich der heutige Leser ohne weiteres ergänzen kann.

Als »...liner Roma...« 1924 in Hamburg erschien, waren dem Büchlein zehn farbige Blätter beigegeben, die die Öffentlichkeit daran erinnerten, daß Ringelnatz auch ein begabter Zeichner und Maler war. Diese farbigen Tuschzeichnungen, seit 50 Jahren so gut wie vergessen, sind an den betreffenden Textstellen unserer Ausgabe original und vollständig wieder eingefügt. Sie sind nicht schlechthin als Illustrierung von Buchepisoden gemeint, sondern als freie zeichnerische Interpretation des Buchthemas, die ebenso wie die authentischen Zeitungsmeldungen vor den jeweiligen Kapiteln die zeitkritische Absicht des Autors deutlich machen wollen.

Wie die Sprache bei Ringelnatz, so sind auch seine originellen Zeichnungen, die er in seine Bücher eingestreut, für einzelne Geschichten angefertigt, an Freunde verschenkt hat oder die noch in Familienbesitz erhalten geblieben sind, eine Besonderheit dieses Schriftstellers. Er ist in Wort und Bild der unverwechselbare Ringelnatz, der sich in allen seinen künstlerischen Äußerungen zu sich selbst bekennt, der den derbsten Spaß bejaht wie die zarteste Melancholie und von dem Kurt Tucholsky schrieb: »Wer hat soviel Achtung und Liebe vor fremdem Leben, vor der fremden Fülle, vor der Wichtigkeit der anderen, den Mikrokosmen der anderen? Wer? Unser Joachim Ringelnatz.«

Helga Bemmann

Joachim Ringelnatz im Diogenes Verlag

1883 in Wurzen geboren, zeigte Hans Bötticher, der sich später Joachim Ringelnatz nannte, schon in der Kindheit Spürsinn fürs Abenteuerliche und Skurrile. Nach der Schulzeit fuhr er vier Jahre lang als Schiffsjunge und Matrose zur See und machte den ersten Weltkrieg als Kommandant eines Minensuchbootes mit. 1920 taucht er in der Münchner Boheme auf und rezitiert im ›Simpl‹ der Kathi Kobus. Dort entdeckt ihn Hans von Wolzogen für seine Berliner Kleinkunstbühne ›Schall und Rauch‹. Entscheidenden Erfolg erringt Ringelnatz mit den *Turngedichten* und den Liedern vom Seemann ›Kuttel Daddeldu‹. Als reisender Artist trägt er überall seine Verse vor und wird zu einem Klassiker des deutschen Humors. 1933 Auftrittsverbot und Beschlagnahme seiner Bücher. Völlig mittellos geworden, stirbt er 1934.

»Jemand schrieb einmal über Ringelnatz: ›Er hat den Stein der Narren entdeckt (welcher dem der Weisen zum Verwechseln ähnlich sieht).‹ Der Jemand war ich, aber die Formel hat trotzdem ihre Richtigkeit. Joachim Ringelnatz war rundherum ein absonderliches Exemplar Mensch, in Erscheinung und Wesen, in seinem Leben und Dichten. Ein Eulenspiegel, wenn auch einer aus Sachsen, mit koboldischer Lust am Durcheinanderbringen von Sinn und Unsinn. Sein Humor hatte eine derbe und eine sublime Seite, und unnachahmlich bleibt die geistige Grazie, mit der er von der einen zur anderen hinüberwechselte.«
Alfred Polgar

»Ein adliger Schwärmer edler Art mit einem Dichterherzen und einem kleinen Vogel im ritterlichen Kopf.«
Hermann Hesse

»Wer hat so viel Achtung und Liebe vor fremdem Leben, vor der fremden Fülle, der Wichtigkeit der andern, den Mikrokosmen der andern ...?«
Kurt Tucholsky

Das Gesamtwerk in sieben Bänden in Kassette
Herausgegeben von Walter Pape

und auf einmal steht es neben dir
Gesammelte Gedichte

Turngedichte
Mit Zeichnungen von Karl Arnold

Kuttel Daddeldu
Gedichte

Gedichte und Prosa
in kleiner Auswahl

Die wilde Miß vom Ohio
und andere ungewöhnliche Geschichten. Mit 42 Handzeichnungen von Joachim Ringelnatz

Als Mariner im Krieg

Das Ringelnatz Lesebuch
Herausgegeben von Daniel Keel. Mit einem Nachwort von Anton Kuh

Die schönsten Gedichte
Ausgewählt von Franz Sutter und Antje Stählin. Mit einer kleinen Autobiographie des Autors

Sämtliche Gedichte

Sämtliche Erzählungen

Sämtliche Erzählungen und Gedichte
in zwei Bänden im Schmuckschuber

Meistererzählungen
Ausgewählt von Winfried Stephan

Joachim Ringelnatz im Diogenes Verlag

1883 in Wurzen geboren, zeigte Hans Bötticher, der sich später Joachim Ringelnatz nannte, schon in der Kindheit Spürsinn fürs Abenteuerliche und Skurrile. Nach der Schulzeit fuhr er vier Jahre lang als Schiffsjunge und Matrose zur See und machte den ersten Weltkrieg als Kommandant eines Minensuchbootes mit. 1920 taucht er in der Münchner Boheme auf und rezitiert im ›Simpl‹ der Kathi Kobus. Dort entdeckt ihn Hans von Wolzogen für seine Berliner Kleinkunstbühne ›Schall und Rauch‹. Entscheidenden Erfolg erringt Ringelnatz mit den *Turngedichten* und den Liedern vom Seemann ›Kuttel Daddeldu‹. Als reisender Artist trägt er überall seine Verse vor und wird zu einem Klassiker des deutschen Humors. 1933 Auftrittsverbot und Beschlagnahme seiner Bücher. Völlig mittellos geworden, stirbt er 1934.

»Jemand schrieb einmal über Ringelnatz: ›Er hat den Stein der Narren entdeckt (welcher dem der Weisen zum Verwechseln ähnlich sieht).‹ Der Jemand war ich, aber die Formel hat trotzdem ihre Richtigkeit. Joachim Ringelnatz war rundherum ein absonderliches Exemplar Mensch, in Erscheinung und Wesen, in seinem Leben und Dichten. Ein Eulenspiegel, wenn auch einer aus Sachsen, mit koboldischer Lust am Durcheinanderbringen von Sinn und Unsinn. Sein Humor hatte eine derbe und eine sublime Seite, und unnachahmlich bleibt die geistige Grazie, mit der er von der einen zur anderen hinüberwechselte.«
Alfred Polgar

»Ein adliger Schwärmer edler Art mit einem Dichterherzen und einem kleinen Vogel im ritterlichen Kopf.«
Hermann Hesse

»Wer hat so viel Achtung und Liebe vor fremdem Leben, vor der fremden Fülle, der Wichtigkeit der andern, den Mikrokosmen der andern ...?«
Kurt Tucholsky

Das Gesamtwerk in sieben Bänden in Kassette
Herausgegeben von Walter Pape

und auf einmal steht es neben dir
Gesammelte Gedichte

Turngedichte
Mit Zeichnungen von Karl Arnold

Kuttel Daddeldu
Gedichte

Gedichte und Prosa
in kleiner Auswahl

Die wilde Miß vom Ohio
und andere ungewöhnliche Geschichten. Mit 42 Handzeichnungen von Joachim Ringelnatz

Als Mariner im Krieg

Das Ringelnatz Lesebuch
Herausgegeben von Daniel Keel. Mit einem Nachwort von Anton Kuh

Die schönsten Gedichte
Ausgewählt von Franz Sutter und Antje Stählin. Mit einer kleinen Autobiographie des Autors

Sämtliche Gedichte

Sämtliche Erzählungen

Sämtliche Erzählungen und Gedichte
in zwei Bänden im Schmuckschuber

Meistererzählungen
Ausgewählt von Winfried Stephan

Wilhelm Busch im Diogenes Verlag

Das Wichtigste von Wilhelm Busch als schöne Studienausgabe in sieben Bänden, herausgegeben von Friedrich Bohne, in Zusammenarbeit mit dem Wilhelm-Busch-Museum, Hannover. Alle Bildergeschichten sind nach Originalvorlagen, nach Andrucken von den Originalhölzern oder nach ausgesuchten Erst- und Frühdrucken reproduziert. Alle Texte sind nach Handschriften, Verlagsabschriften und Erstausgaben durchgesehen und mit einem kritischen Anhang versehen.

Max und Moritz
Eine Bubengeschichte in sieben Streichen
Mit einem Nachwort von Dr. Friedrich Bohne
Als Vorlage diente ein ausgesuchter
handkolorierter Frühdruck

Gedichte

Die fromme Helene

Tobias Knopp
Trilogie

Hans Huckebein
Fipps der Affe
Plisch und Plum

Balduin Bählamm
Maler Klecksel

Eduards Traum
Der Schmetterling
Mit einem Nachwort des Herausgebers
zu dieser Ausgabe,
Chronik und Bibliographie

Außerdem erschienen:
Die schönsten Gedichte

Hermann Hesse im Diogenes Verlag

Meistererzählungen

Zusammengestellt und
mit einem Nachwort von
Volker Michels

»Er kann, was nur wenige können. Er kann einen Sommerabend und ein erfrischendes Schwimmbad und die schlaffe Müdigkeit nach körperlicher Anstrengung nicht nur schildern – das wäre nicht schwer, aber er kann machen, daß uns heiß und kühl und müde ums Herz ist.« *Kurt Tucholsky*

»Sein Schauen hält eine eigene Mitte zwischen der Kontemplation eines Mystikers und dem Scharfblick eines Amerikaners.« *Walter Benjamin*

»Unser lieber, großer Hermann Hesse ist ein kurioser Mann! Immer stellt er sich als uralt und abgenutzt und welt- und meinungsmüde dar, und dann plötzlich, aus gutem Ärger, schlägt er drein wie ein junger Kämpe, daß die Funken stieben. Es ist ein Vergnügen.«
Thomas Mann

Die schönsten Gedichte

Ausgewählt von Christian Strich.
Mit einem Essay des Autors über Gedichte
und einem Nachwort von Maria Nils

»Nimmt man heute die Gedichte Hermann Hesses wieder zur Hand, so darf man die beglückende Erfahrung machen, daß aus ihnen eine Wahrheit und eine Schönheit zu uns sprechen, die wie ehedem ergreifen.«
Maria Nils

»Sie haben Glück, daß ich nicht komponiere. Ich könnte dem Wunsch nicht widerstehen, Noten unter Ihre Zeilen zu zeichnen. Alles, was Sie sagen, ist einfach und geht zu Herzen.«
Romain Rolland an Hermann Hesse

Das Erich Kästner Lesebuch

Herausgegeben von
Christian Strich

Das Beste und Gültigste von Erich Kästner aus den Gedichten, der Kleinen Prosa und den Epigrammen.

»Kästner gehört dem Stammbaum der unvernebelten Deutschen an, doch im allgemeinen liebt diese Nation die Leichtigkeit nicht sonderlich, sie ist ihr etwas Anrüchiges, sie zieht das Schwere vor. Denke ich an ihn, denke ich an Wieland, Lessing, E.T.A. Hoffmann. Die deutsche Literatur sollte mehr in diese Richtung hin durchdacht werden.« *Friedrich Dürrenmatt*

»Auf die geistige Nachbarschaft zu Lessing stößt man bei ihm allenthalben. Neben und nach Lessing fallen einem Heine, Fontane, Ringelnatz und Tucholsky ein. Manche seiner Gedichte passen in kein Lesebuch und gehörten dennoch in jedes hinein.«
Rudolf Walter Leonhardt

»Das Zeitgemäße konnte nicht zeitloser gesagt werden.« *Hermann Hesse*

Patrick Süskind

Die Geschichte von Herrn Sommer

Mit zahlreichen Bildern von Sempé

Herr Sommer läuft stumm, im Tempo eines Gehetzten, mit seinem leeren Rucksack und dem langen, merkwürdigen Spazierstock von Dorf zu Dorf, geistert durch die Landschaft und durch die Tag- und Alpträume eines kleinen Jungen…
Erst als der kleine Junge nicht mehr auf Bäume klettert, entschwindet der geheimnisvolle Herr Sommer.

»Patrick Süskind erzählt mit einer selbstverständlichen Leichtigkeit, die dennoch nichts vom Schmerz der frühen Jahre unterschlägt. Er trifft genau den richtigen Erinnerungston zwischen Komik und Sehnsucht. Dies ist genau das Buch, das man einem Rekonvaleszenten ins Krankenhaus mitbringt. Es wird viele Ärzte überleben.« *Frankfurter Allgemeine Zeitung*

»Die typische Süskind-Mischung aus teils poetisch Zartem, teils Gewitztem.«
Süddeutsche Zeitung, München

»Ein poetisches, filigranes Märchen aus der Kindheit, voll bittersüßer Nostalgie.« *Sonntags Zeitung, Zürich*

»Eine klassische Novelle.« *Der Spiegel, Hamburg*

Deutsche Klassiker im Diogenes Verlag

● Angelus Silesius

Der cherubinische Wandersmann
Geistreiche Sinn- und Schlußreime. Herausgegeben und mit einem Nachwort von Erich Brock

● Ludwig van Beethoven

Briefe
Herausgegeben von Erich Valentin

● Ulrich Bräker

Der arme Mann im Tockenburg
Lebensgeschichte und Natürliche Ebentheuer des armen Mannes im Tockenburg. Herausgegeben von Samuel Voellmy. Mit einem Vorwort von Hans Mayer

● Georg Büchner

Werke und Briefe
Herausgegeben und mit einem Vorwort von Franz Josef Görtz. Mit einem Nachwort von Friedrich Dürrenmatt

● Wilhelm Busch

Die schönsten Gedichte
Ausgewählt von Christian Strich

Schöne Studienausgabe in 7 Bänden
Herausgegeben von Friedrich Bohne, in Zusammenarbeit mit dem Wilhelm-Busch-Museum, Hannover. Alle Bildergeschichten sind nach Originalvorlagen, nach Abdrucken von den Originalhölzern oder nach ausgesuchten Erst- und Frühdrucken reproduziert. Alle Texte sind nach Handschriften, Verlagsabschriften und Erstausgaben neu durchgesehen und mit einem kritischen und erklärenden Anhang versehen

Max und Moritz
Eine Bubengeschichte in sieben Streichen. Mit einem Nachwort von Dr. Friedrich Bohne. Als Vorlage diente ein ausgesuchter handkolorierter Frühdruck

Gedichte

Die fromme Helene

Tobias Knopp
Trilogie

Hans Huckebein / Fipps der Affe / Plisch und Plum

Balduin Bählamm / Maler Klecksel

Eduards Traum / Der Schmetterling

● Matthias Claudius

Die schönsten Gedichte
Ausgewählt von Christian Strich

● Meister Eckehart

Deutsche Predigten und Traktate
Herausgegeben und übersetzt von Josef Quint

● Joseph von Eichendorff

Aus dem Leben eines Taugenichts
Novelle. Mit einem Nachwort von Thomas Mann

Meistererzählungen
Mit einem Nachwort von Hermann Hesse

● Theodor Fontane

Effi Briest
Roman. Mit einem Nachwort von Max Rychner

Irrungen Wirrungen
Roman. Mit einem Nachwort von Otto Brahm

Frau Jenny Treibel
Roman. Mit einem Nachwort von Kurt Tucholsky

Schach von Wuthenow
Erzählung. Mit einem Nachwort von Marcel Reich-Ranicki

L'Adultera
Roman. Mit einem Nachwort von Werner Weber

Stine
Roman. Mit einem Nachwort von Thomas Mann

Der Stechlin
Roman. Mit einem Nachwort von Peter Härtling

Die schönsten Gedichte
Ausgewählt von Franz Sutter

● Paul Gerhardt

Ich bin ein Gast auf Erden
Gedichte. Herausgegeben und mit einem Nachwort von Heimo Reinitzer

● Johann Wolfgang Goethe

Gedichte I
Lieder / Balladen / Elegien / Sonette / Kantaten / Epigramme. Herausgegeben von Ernst Merian-Genast. Mit einem Nachwort von Richard Dehmel

Gedichte II
Gedankenlyrik / Westöstlicher Divan. Herausgegeben von Ernst Merian-Genast. Mit einem Nachwort von Konrad Burdach

Faust
Der Tragödie erster und zweiter Teil. Herausgegeben von Ernst Merian-Genast. Mit einem Nachwort von Thomas Mann

Die Leiden des jungen Werther
Roman. Mit einem Kommentar des Autors aus dem Jahre 1814

Die Wahlverwandtschaften
Roman. Mit einem Nachwort von Reinhard Baumgart

Gedanken und Aussprüche
Herausgegeben und mit einem Vorwort von Ernst Freiherr von Feuchtersleben. Nachwort von Hans Tabarelli

Die schönsten Gedichte
Ausgewählt von Franz Sutter

Von der Höflichkeit des Herzens
und andere Gedanken. Herausgegeben und mit einem Vorwort von Ernst Freiherr von Feuchtersleben

● Johann Wolfgang Goethe / Wilhelm Busch

Faust
Eine Tragödie. In einer krassen Bearbeitung von Eberhard Thomas Müller. Mit vielen Zeichnungen von Wilhelm Busch

● Jeremias Gotthelf

Ausgewählte Werke in 12 Bänden
Herausgegeben von Walter Muschg

Uli der Knecht
Eine Gabe für Dienstboten und Meisterleute. Roman

Uli der Pächter
Roman

Anne Bäbi Jowäger
Roman in zwei Bänden

Geld und Geist
Roman. Mit einer Einleitung von Walter Muschg

Käthi die Großmutter
Erzählung

Die Käserei in der Vehfreude
Roman

Die Wassernot im Emmental / Wie Joggeli eine Frau sucht
Ausgewählte Erzählungen I

Die schwarze Spinne / Elsi, die seltsame Magd / Kurt von Koppigen
Ausgewählte Erzählungen II

Michels Brautschau / Niggi Ju / Das Erdbeerimareili
Ausgewählte Erzählungen III

Der Besenbinder von Rychiswyl / Barthli der Korber / Die Frau Pfarrerin / Selbstbiographie
Ausgewählte Erzählungen IV

Der Geltstag
Roman

Meistererzählungen
Mit einem Anhang ›Gottfried Keller über Jeremias Gotthelf‹

● Brüder Grimm

Märchen der Brüder Grimm
Ausgewählt von Lore Segal und Maurice Sendak. Mit Zeichnungen von Maurice Sendak

Die schönsten Märchen der Brüder Grimm
Ausgewählt von Christian Strich. Mit Illustrationen von Ludwig Richter

● Heinrich Heine

Gedichte
Ausgewählt und eingeleitet von Ludwig Marcuse

Die schönsten Gedichte
Ausgewählt von Anton Friedrich

Reisebilder
Mit einem Nachwort von Hiltrud Häntzschel

• E.T.A. Hoffmann
Meistererzählungen
Herausgegeben von Christian Strich. Mit einem Nachwort von Stefan Zweig

• Immanuel Kant
Deines Lebens Sinn
Eine Auswahl aus dem Gesamtwerk. Herausgegeben und mit einem Vorwort von Wolfgang Kraus

• Gottfried Keller
Der grüne Heinrich
Roman. Herausgegeben und mit einer Einleitung von Gustav Steiner

Die Leute von Seldwyla
Erzählungen. Erster und zweiter Band. Herausgegeben und mit einer Einleitung von Gustav Steiner

Züricher Novellen
Herausgegeben und mit einer Einleitung von Gustav Steiner

Meistererzählungen
Mit einem Nachwort von Walter Muschg

• Heinrich von Kleist
Sämtliche Erzählungen
Mit einem Nachwort von Stefan Zweig

• Conrad Ferdinand Meyer
Jürg Jenatsch / Der Heilige
Roman/Novelle. Mit einem Essay von Hans Mayer

Meistererzählungen
Mit einem Nachwort von Albert Schirnding

• Eduard Mörike
Mozart auf der Reise nach Prag
Eine Novelle

• Christian Morgenstern
Alle Galgenlieder
Galgenlieder / Palmström / Palma Kunkel / Der Gingganz. Fotomechanischer Nachdruck der Erstausgabe 1932

Galgenlieder
Ausgewählt von Christian Strich

• Wolfgang Amadeus Mozart
Briefe
Herausgegeben und mit Anmerkungen und einem Nachwort von Horst Wandrey. Frontispiz von Dorothea Stock, Vignetten von Heiner Vogel

• Wilhelm Müller
Die Winterreise
Mit Zeichnungen von Ludwig Richter

• Friedrich Nietzsche
Vom Nutzen und Nachteil der Historie für das Leben
Herausgegeben und mit einem Nachwort von Michael Landmann

Brevier
Ausgewählt, herausgegeben und mit einem Vorwort von Wolfgang Kraus

Gedichte
Ausgewählt von Anton Friedrich. Mit einer Rede von Thomas Mann

Die schönsten Gedichte
Ausgewählt von Anton Friedrich

• Friedrich Schiller
Unsterbliche Hoffnung
Eine Auswahl aus den Briefen und dem Prosawerk. Herausgegeben und mit einem Vorwort von Wolfgang Krauss

Die schönsten Gedichte
Ausgewählt von Christian Strich

• Arthur Schopenhauer
Zürcher Ausgabe: Werke in 10 Bänden
Vollständige Neuedition. Alle Bände bringen, nach dem letzten Stand der Forschung, den integralen Text in der originalen Orthographie Schopenhauers nach der historisch-kritischen Gesamtausgabe von Arthur Hübscher; Übersetzungen fremdsprachiger Zitate und seltener Fremdwörter wurden in Klammern eingearbeitet. Die editorischen Materialien besorgte Angelika Hübscher

Über die vierfache Wurzel des Satzes vom zureichenden Grunde / Über den Willen in der Natur
Kleinere Schriften 1

Die Welt als Wille und Vorstellung I
in zwei Teilbänden

Die Welt als Wille und Vorstellung II
in zwei Teilbänden

Die beiden Grundprobleme der Ethik: Über die Freiheit des menschlichen Willens / Über die Grundlage der Moral
Kleinere Schriften II

Parerga und Paralipomena I
in zwei Teilbänden, wobei der zweite als Einzelausgabe die ›Aphorismen zur Lebensweisheit‹ enthält

Parerga und Paralipomena II
in zwei Teilbänden

Aphorismen zur Lebensweisheit
Textidentisch mit Band 8 der ›Zürcher Ausgabe‹. Herausgegeben von Arthur Hübscher. Mit einem Nachwort von Egon Friedell

● Franz Schubert
Briefe
Tagebuchnotizen, Gedichte. Herausgegeben von Erich Valentin

● Adalbert Stifter
Meistererzählungen
Mit einem Nachwort von Julius Stöcker

● Die schönsten deutschen Liebesgedichte
Von Walther von der Vogelweide bis Gottfried Keller. Ausgewählt von Christian Strich

● Die schönsten Liebesbriefe deutscher Musiker
Herausgegeben von Anton Friedrich und Silvia Sager

● Die schönsten Liebesbriefe deutscher Dichter
Ausgewählt und herausgegeben von Anton Friedrich und Silvia Sager

● Wer reitet so spät durch Nacht und Wind
Die schönsten deutschen Balladen von Gotthold Ephraim Lessing bis Erich Kästner. Ausgewählt von Christian Strich